옥님아 옥님아

어머니 손바닥에
제 손을 대어 봅니다

유강희 산문집

일러두기

1. 이 책에 실린 방언 중 표준어가 밝혀진 경우엔 괄호 안에 표준어를 병기했습니다.
   그렇지 않은 경우, 방언 그대로 두었습니다.
2. 익숙한 방언은 표준어 병기를 따로 하지 않았습니다.

"어머니 최옥임 님의 손바닥에
제 손을 대어 봅니다"

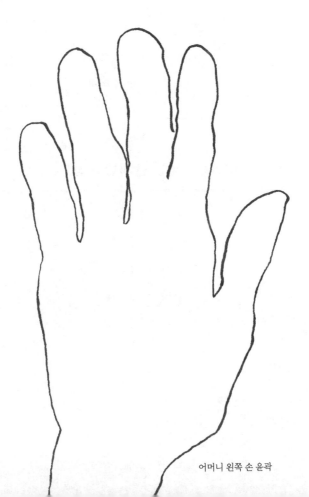

어머니 왼쪽 손 윤곽

목차

2부

꿀을 따서 쌀도 바꾸고 뭣도 바꾸고

3부

새까만 베르베또 치마와 양단 저고리

-냉동 탑차와 뚱딴지

-새를 찍는 사람

-반가운 오도개

4부

나의 시도 어질고 눈 밝은 산나물 같기를

내 영혼의 부뚜막 위에 정화수 한 그릇 떠 놓듯

2009년 무렵부터 틈틈이 쓰기 시작하여 올해까지 십여 년 동안 쓴 글들을 모았다. 틈틈이 썼다고는 하지만 대체로 어느 한 시기에 집중해 쓴 글이 많다. 먹고사는 일에 쫓기고 쓸데없는 생각에 하루 이틀 미루다 보니 예까지 왔다. 거기에다 게으르고 우둔함을 더해 모냥없이 성글기만 한 글이 되었다. 그럼에도 여기까지 굽히지 않고 오게 된 건 어머니 힘이 크다.

나는 이 책에 되도록 어머니 말을 많이 담으려고 애썼다. 그렇다고 어머니 이야기만 쓴 건 아니다. 어려서 떠나온 고향의 아련한 기억, 전주공단이 있는 가난한 팔복동 사람들, 쓸쓸함도 포근히 품었던 천변 풍경, 사춘기의 끝없는 울분과 눈물 이런 것들이 이 책엔 되나캐나 함께 뒤섞여 있다. 끝끝내 기억하고 싶지 않거나 쓰지 않으면 견딜 수 없었던 일들도 한식구처럼 따숩게 가슴을 맞대고 있다. 이제는 그만 흐르는 물가에 가만히 놓아주고 싶은 정든 풍경들이다.

올해 어머니는 우리 나이로 여든일곱이다. 좀 더 어머니가 건강했을 때 더 많은 이야기를 기록해 두었을걸 하는 아쉬움이 남는다. 그러면서도 한편, 내가 쓴 글보다 어머니의 함몰된 오른쪽 유두와 기묘한 암석 같은 굽은 발톱을 보여 주는 게 백배 천배 더 나을지도 모르겠다는 생각을 한다. 그런 마음을 못내 떨쳐내면서 한밤중 잠이 깬 나는 어머니, 하고 가만히 불러 본다.

2023년 가을
유강희

어릴 적, 어머니가 국수를 삶을 때면 나는 그 옆을 기웃대다가 뜨거운 줄도 모르고 아직 설익은 국수를 건져 먹곤 했다. 간이 덜 빠진 짭조름한 국수 특유의 맛. 내 눈엔 지금 올이 다 빠진 오래된 소쿠리가 떠오르고, 그 안에 무슨 설운 동물처럼 타래타래 똬리를 틀고 앉아 있는 하얀 국수가 떠오른다. 삿됨이라곤 하나 없을 것 같은 순한 눈망울의 국수 타래.

1부

새벽마다 떠 놓는 한 사발의 정화수

국수와 부시개

팔복동 집에서, 어머니와 아버지.

어머니가 해 주시는 국수는 언제 먹어도 맛있었다. 특히 애호박을 넣은 국수는 달큰하고 보드랍게 감기는 식감이 일품이었다. 나는 어머니가 손수 끓여 주는 국수를 좋아했다. 아버지 계실 때는 자주 하시더니 아버지 돌아가시고 나선 뚝 끊으셨다. 겨우 졸라서 한두 번 먹었던가. 하지만 예전의 맛 같지 않아서 조금은 서운했다.

어머니, 국수는 어떻게 삶아야 맛있어요?

팔팔 끓인 물에 국수를 삶어. 삶은 다음 서너 가닥을 먼저 찬물에 넣었다가 먹어 봐.

그러면 익었는가 안 익었는가 알제.

삶은 국수는 찬물에 담갔다가 소쿠리에 건져 놓고.

나는 어머니만의 비법이 있나 물었지만 별반 다를 게 없다. 아마도 어머니만의 특유의 감이 있지 않나 싶다. 그건 쉽게 말로는 설명이 안 되리라. 어릴 적, 어머니가 국수를 삶을 때면 나는 그 옆을 기웃대다가 뜨거운 줄도 모르고 아직 설익은 국수를 건져 먹곤 했다. 간이 덜 빠진 짭조름한 국수 특유의 맛. 내 눈엔 지금 올이 다 빠진 오래된 소쿠리가 떠오르고, 그 안에 무슨 설운 동물처럼 타래타래 똬리를 틀고 앉아 있는 하얀 국수가 떠오른다. 삿됨이라곤 하나 없을 것 같은 순한 눈망울의 국수 타래. 가난한 사람들을 위해 하느님이 특별히 고안해낸 것만 같은 귀한 선물.

호박 삶은 물에 멸치를 넣고 육수를 내야 맛있제.

멸치 육수에다 호박을 삶는 게 아니고요?

그렇제.

글고 어머니가 만든 양념간장이 맛있었는디. 달랑구

(달래) 간장요.

늘 달랑구가 있는 건 아닌 게, 나올 때 넣고 그렇제. 조선간장에다 깨소금, 찬지름, 마늘, 파, 이런 걸 넣고 만들었제.

그먼 어머니, 그 국수는 어디서 사 왔어요?

국수는 사 오덜 않고, 우리가 밀을 갈아서 그걸로 했지.

어디다가요?

상할머니 뫼 있는 곤도골 안 있냐. 거그다 갈아서 빵구어 다릿골 가서 빼 왔어.

교동 말이지요?

항. 거그가 국수 빼는 기계가 있었어.

그럼, 국수는 누가 빼 왔어요?

누가 빼 오긴, 너그 아부지가 빼 왔지.

나는 젊은 아버지가 국수 빼러 가는 장면을 상상했다. 지게에 밀가루 포대를 지고 갔을까. 망태에 담아 가지고 갔을까. 구름마(수레)를 타고 갔을까. 근데 국수 좀 빼자고 구름마까지 동원할 리는 없었을 것 같다. 그럼 자전거를 타고 갔을까. 그때 자전거가 있었던가. 나는 국수도 빼고 막걸리도 한잔 자셨을 아버지의 불콰한 얼굴과 집에서 국수를 기다리는 식구들 얼굴이 함께 떠오른다. 그러자니 절로 국수 생각이 난다.

국수 말이 나왔슨게 말인디, 언지 적인가 국수를 삶아서 큰고모랑 같이 먹는디, 큰고모가 국수를 나한티 좀 덜어 줬어. 근디 할머니가 그걸 보고 큰고모한티 덜어 줬다고 막 머라고 혀. 그때 큰고모가 정자네 집에 살았거든. 바로 우리 웃집. 그땐 국수가 귀혔어.

정자 누나 동생이 평식인데 내 또래 친구다. 평식이 못 본 지가 벌써 수년째다. 동네에서 유일하게 평식이네 집에 단감나무가 있었다. 그 단감은 무척이나 달았다. 그 집 노할머니가 어둑신한 뒷방 구석에 지금도 구신구신하며 살아 있을 것만 같다. 이불에 오줌을 싸면 아침 일찍 평식이네 집으로 채(키)를 쓰고 소금을 받으러 갔다. 그러면 이 노할머니는, 또 쌀래 안 쌀래, 한바탕 혼을 내는데 내 눈물을 쏙 빠지게 한 다음에야 아나 소금, 아나 소금 하며 내 등에 싸낙스럽게 소금을 뿌려댔다. 그러고는 바가지에 굵고 흰 소금을 담아 주었다.

늬 할머니는 그렇게 날 미워혔어도 동리 사람덜은 아들 낳지, 논 샀지, 날보고 복댕이라고 혔어. 우리 집이 건너멀로 이사를 안 왔냐.

맞아요. 그때 할매허고 나허고 단둘이 소금바우에서 살았잖아요.

그때도 할머니 시안(겨울) 내 땔나무를 내가 히다 놓고 그렸어.

할맨 욕도 잘하셨어요. 그땐 왜 그랬는지 모르겠어요.

겨울밤에 먹던 싱건지 생각도 난다. 밤중에 문득 잠이 깨어 보면 아버지하고 어머니가 뒤안 독에서 싱건지를 꺼내다 먹곤 했다. 난 눈도 못 뜨고 그 맛있게 자시는 소리에 침만 꿀꺽꿀꺽 삼키곤 했다. 행여 잠이 깬 걸 들킬까 봐 소리도 크게 못 내고 말이다. 긴 겨울밤 아삭아삭, 그 싱건지 먹는 소리가 얼마나 맛있게 들리던지.

그런데 나는 왜 그때 벌떡 일어나, 어머니나 아버지에게 싱건지 달라고 말 못 했을까. 그 싱건지 달라고 하는 말이 왜 그땐 그렇게 힘이 들고 어려웠을까.

그럼, 싱건지는 어떻게 담갔어요?

먼저 땅을 파고 수탱이(단지)를 묻어. 그런 다음 짚으로 용마름을 엮어 주댕이 가상을 둘러. 그러케 헌 다음 청각, 댓잎사구, 우거지, 무시를 먼저 넣어. 그러고 한 사흘 있다 소금물을 다시 부어.

아, 댓잎도 넣었네요.

그러케 허면 되야.

댓잎이 들어가서 그리 파랗게 시원한 맛이 났나.

어머니는 바로 엊그제 일처럼 말한다. 싱건지와 함께 옆집 고모할머니가 만든 조청 생각도 난다. 설에 세배를 가면 떡과 함께 곤약 같은 다디단 조청을 내왔다. 햇볕 따스한 툇마루에 앉아 두 다리를 깐닥깐닥 흔들며, 그 조청을 손가락 끝에 찍어 먹곤 했다. 조청 못지않게 외 갓집 부시개도 생각난다.

어머니, 외갓집 부시개도 유명했잖아요?

나는 입안에서 살살 녹는 외갓집 부시개를 좋아했다. 유과(혹은 산자)가 아닌 부시개라고 해야 입안에 살살 녹는 것 같다. 나중에 부시개가 유과란 걸 알고 얼마나 서운했는지 모른다. 부시개라고 하면 대부분의 사람들은 잘 모른다. 하지만 나는 지금도 유과가 아닌 부시개로 불려야 한다고 생각한다. 부시개는 또 부수개라고도 불렀다.

동리서 외숙모가 부시개를 최고 잘혔어. 사람덜이 똑

같은 쌀 갖고 어찌케 이리 만드냐고, 멀리서 사러 오는 사람까지 있었응게.

부시개는 어떻게 만들었어요?

찹쌀로 만들었제. 조청을 고아 갖고 그 우에다 바르고 튀밥도 튀어서 묻히고.

부시개는 혹시 프라이팬에다 만들었어요?

프라이팬?

그때도 프라이팬 있었어요? 혹시 솥뚜껑 아니에요? 우리 집 뒤안에 솥뚜껑 엎어 놓고 적 부치던 게 생각나요.

긍가. 솥뚜껑이 맞는게 비다. 이젠 가물가물 기억이 잘 안 나. 범버꿍이 되어 갖고. 그땐 참 귀찮혔어. 부시개를 잘 못허면 깡깡혀. 바삭바삭허지 않고.

근디 외숙모는 어디서 시집왔어요?

임실 내맛에서 왔지.

아, 재 너머서요.

맞다. 부시개는 바삭바삭한 맛이다. 뜩뜩하지 않고 혀에 닿는 순간 녹는지도 모르게 고소하게 녹아내리는 맛. 기분 좋게 끈적거리던 조청을 손에 묻혀 가며 먹던 부시개. 달고 환한 햇살 같은 맛. 아사삭, 바사삭 소리도 맛있었던 부시개. 지금껏 외갓집 부시개보다 맛있는 부시개를 먹어 본 적이 없다.

옥님이 어릴 적

어머니와 세 분의 이모들. 제일 오른쪽이 어머니.

어머니 말을 한 올이라도 흘릴까 봐 나는 두 귀를 쫑긋 세운다. 어머니는 이제 이야기에 힘이 좀 붙나 보다. 아이처럼 살짝 들떠 있다. 말이 좀 끊기고 새기도 하지만 어머니 특유의 청이 높아지고 흥이 더해진다.

정월 초하룬디, 아부지가 짜 준 새 짚신을 신고 친구

한티 자랑을 안 갔겄냐.

나는 고무신도 아니고 짚신을 신고 자랑을 갔다는 게 믿기지 않는다.

친구 누구요?

나보다 한 살 더 먹었는디, 밴(변)가여. 이름은 잘 기억 안 나. 갸 할아버지와 외할아버지가 제일 친혔어.

긍게 어머니, 설날 아침에 그랬다는 말이지요?

항. 그렇지.

오매가 머리를 빗겨 쫑쫑 땋아 줬지.

그리 갖고요?

자랑을 하러 갔는디. 그 친구는 신이 없다고 막 울어.

그리서 내 신을 벗어 주고 왔어.

새 신을요?

항. 외할아버지 솜씨가 참 좋았어. 그전엔 모다 없이 살아서 먹는 것도 입는 것도 변변치 못혔어. 아까막시 내가 봉남이네 아부지 관이 있는 방으로 뛰어 들어갔다고 안 혔냐. 그 말 헌게로 생각나는디. 정월 대보름날 아침으 봉남이네 집에 갔는디, 오매가 안 보여. 밥을 얻으러 갔는가. 재 너머 임실을 갔는가. 그리서 내가 오매한테 우리밥 조께 갖다주지? 그리 갖고 갖다줬지.

외갓집 웃집에 살았다던 그 봉남이네요?

맞어. 그 봉남이. 나보다 두 살 더 먹었덩가 혔어.

어머니는 봉남이 이야기가 나오자 또 무슨 생각이 났나 보다.

보리쌀을 갈아서 밥을 혀 갖고 봉남이 집으로 가. 가서는 밥이 잘됐는지 물어. 그러면 봉남이가 보고 우렝이같이 안 퍼졌고만, 허면 다시 솥에다 물을 붓고 불을 때.

뜨거운 밥을 어떻게 들고 갔어요?

수지로 떠서 갖고 갔제.

눈앞에 때꼬장물 줄줄 흐르는 여자아이가 수지를 들고 종종걸음 치는 게 보인다.

근데 왜 봉남이한티 가서 물어요?”

그때 내가 너무 에려서 밥이 퍼졌는지 어쪘는지 모릉게. 글고 밥이란 게 순 깡보리라 우렝이 껍데기같이 잘 안 퍼져. 그리서 물어보는 거여. 봉남이가 나보다는 나이가 많은게. 그때 내가 여덟 살인가 아홉 살쯤 됐는가 모르겄어. 또 오매가 일 가고 없으면 내가 독을 놓고 도구통(절구)에다 나락을 찧었어. 뉘가 몇 개 안 되게. 한 말을 찧어 놓고 그맀어. 오매가 와서 보고 을매나 좋아혔다고.

긍게 키가 작아서 돌을 놓고 올라갔네요.

나는 놀란다. 그 어린 나이에 벌써 밥을 지었나 싶다. 나는 어머니가 혹시 나이를 잘못 기억하고 있는 건 아닌지 그런 생각마저 든다.

동네에 또 금순이라고 있었어. 어느 날 저녁으 그 언니 집에 간게 혼자 울고 있어. 시집을 가는디 어르빗(얼레빗)도 참빗도 없다고. 나보다 두 살 더 많았는디. 옛말에 아무리 못살아도 시집갈 때 어르빗 참빗은 골마리(허리춤)에 넣어 간다고 혔거든.

그 빗도 어머니가 사다 주었어요?

오매한티 말을 혔지. 갸가 시집을 가는디 빗을 못 산다, 사다 주지? 그래서 사다 줬어. 재 너머 심바로 시집을 갔는디, 금순이는 죽고 남편이 지관 일을 혀. 모종 있잖냐. 그 물가상이 집에서 지금은 남자 혼자 살어.

외할머니가 참 착하셨네요. 어머니 말 다 들어주시고.

외할머니는 말할 것도 없제. 하늘이 낸 사람이라고. 동네서도 다들 알어.

외할머니 하면 제일 먼저 생각나는 게 고봉으로 밥

을 주시던 일이다. 그러면서 꼭 하시는 말씀이 "밥을 많이 먹어야 키가 큰다" 하셨다. 그때 서른도 훌쩍 넘은 내게. 외할머니는 돌아가시기 전 한쪽 다리를 쓰지 못해 꼭 지팡이를 짚고 다니셨다. 호리호리하고 얼굴이 갸쪽하니 미인이셨던 외할머니는 병원도 한번 안 가시고 아흔에 돌아가셨다. 내가 마지막으로 본 꽃상여는 외할머니가 구름처럼 훨훨 타고 간 봄날의 그 눈부신 꽃상여이다.

그전엔 노랑 설탕을 배급을 줬어. 내가 가면 '청념이 옥념이를 가지러 왔네' 하고 놀렸어.

그게 무슨 말이에요?

긍게 나도 잘 모르겄어. 다 잊어버려 갖고. 내 이름이 옥님인게 그걸 가지고 만든 말인 거 같은디.

오매가 그 노랑 설탕 단지를 장롱 우에다 올려놨어. 오매가 밭에 일하러 가면 내가 몰래 단지를 내려다 동상들 한 숟갈씩 노나 줬지. 여름엔 저릅대(겨릅대)를 휘어 갖고 거미줄을 묻혀서 매암을 잡았어. 깨죽(가죽)나무에 붙은 매암을.

어머니는 참 기술도 좋았네요.

거미줄이 찐덕거리잖냐. 매암을 잡다가 얼개미(어

레미)를 엎어 놓고 디리다보고 놀았어. 글고 봄엔 진달래
꽃을 끊으러 댕겼제. 부잣집 뫼똥 가상으로 진달래가 참
좋게 피었어. 동상들이 안 자고 있으면 눈을 자꾸 쓰다듬
어 재워 놓고 갔어.

그 진달래꽃을 꺾어 뭐 하셨어요?

좋은게 그냥 놓고 볼라고.

나는 그 말에 그냥 웃는다. 어머니는 일만 하셔서 그
렇지 꽃을 좋아한다.

베도 을매나 잘 짰다고. 시집오기 전까지 짰응게. 베
를 잘 짠게 외할머니가 좋아라 혔어. 에려선 또 장타령꾼
이 무서웠다잉. 장타령꾼이 막 돌아댕기니까 사립문을
닫아 놓고 그맀어. 오매랑은 김매러 가고 야들만 있응게.
장타령꾼이 뭐냐면 동냥아치여.

어머니 이야기를 듣고 있노라면, 얼굴이 까맣고 키 작
은 여자아이의 고되고 심심하고 무섭고 배고픈 날들이
내 곁에 가만히 와 있는 것만 같다. 날 물끄러미 바라보고
있는 것만 같다. 하지만 안쓰러워 가만 쓰다듬어 주려 하
면 벌써 저만큼 달아나 버리고 없다.

근데 어머니 외갓집은 어디예요?

신태인이지.

외갓집에 가 본 적 없어요?

없어.

한 번도요?

못 가 봤어. 난 집 보라고 허고 동상들만 데리고 갔지.

어머니가 맏이라서요?

추동에 이모가 한 분 살아 계셨는디, 얼마 전에 돌아 가셨지. 죽기 전에 한 번 더 찾아봤어야 허는디.

어머니는 금방 눈시울을 적시며 나도 한번 뵌 적이 있는 이모할머니 이야기를 한다.

구이(완주 구이면) 더 가서 시라우로 피난을 갔는디, 어디 쌀이 있어야제. 이모가 쌀을 이만큼 갖다줘서 아버 지 두루마기에 받아 놓고 그걸로 밥을 해 먹었제. 반찬은 하나도 없고 오매가 간장 단지에 간장을 얻어다 그걸 찍 어 먹고 그랬어. 어느 날은 이모가 오매보고 화장실로 오 라고 허더니, 몸땡이에 삼베 한 필을 감아 가지고 와서 주 더래.

어머니는 또 그 말을 하면서 다시 한 번 눈시울이 뜨 거워진다.

열네 살에 신태인에서 큰못지로 시집온 외할머니. 그
리고 어머니는 왜 큰 다음에도 외갓집에 한 번도 안 갔을
까. 아니 못 갔을까.

조앙신 삼시랑신

어머니와 큰형.

어머니는 매일 아침 부뚜막 위에 물을 떠 놓는다. 지금은 싱크대가 부뚜막을 대신하고 있다. 어머니의 그런 모습은 참으로 극진하기 짝이 없다. 누가 시켜서 하는 일이라면 그리 못 할 것이다. 그 지극한 마음의 끄트머리는 대체 어디에 닿아 있는 것일까. 얼마 전 낡은 싱크대를 교체하느라 어머니는 한동안 정한수(정화수)를 떠 놓지 못

했다. 그때 어머니는 얼마나 답답하고 애가 탔을까. 수돗
물이긴 하지만 어머니에겐 새벽마다 골짜기에서 길어 오
던 그 신령한 샘물 못지않았으리라.

우리 집에서도 신을 모셨어요?
갑작스런 내 물음에 어머니는 조금 의아한 표정이다.
무신 신?
지금도 새벽마다 싱크대에 물 떠 놓으시잖아요. 하루
도 빼놓지 않고요.
궁게, 조앙신을 모셨제. 스물한 살 때 시집와서 지금
까정 그랬지. 언진가는 점쟁이가 어뜨케 알고 조앙공 들
이냐고 물어. 조앙공을 들이면 자석들이 다 잘된다고…….
그땐 집집마다 다 조앙신을 모셨어요?
아녀. 집집이 다 허는 게 아니고. 궁게 우리 집안은 웃
대서부터 히 내려왔어. 언제부터 혔는지는 모르겠다만,
궁게 웃대서부터 히 내려오면 밑에 사람덜이 그걸 받아
서 허는 것이지. 내 맘대로 허고 안 허고 허는 게 아니고.
그럼 어머니, 물은 어디서 떠 왔어요?
바가지 시암에서. 한개바우 상할머니 뫼 가는 디 있잖
냐. 영란 오매 집 있는 디.

아, 알아요. 돌탑 많은 디. 시암물이 엄청 맑고 달던 생
각이 나요.

나는 그 영란 누나를 안다. 그러니까 무당 딸이었다.
그것도 외동딸. 길게 머리를 땋아 내린 얼굴이 뽀얗고 예
쁘던. 지금은 서울 어딘가에 살고 있다는 소식을 들었다.
그 누나의 아버지는 박수무당이었다. 이름은 박봉술로
기억한다. 어머니가 봉술 양반, 봉술 양반 하던 기억이 난
다. 영란 누나 오매는 점도 잘 치고 그랬는데 우리 먼 친
척뻘이 된다.
아주 어렸을 적 아랫마을 산꼭대기 집에서 보았던 굿
을 지금도 또렷이 기억한다. 그 집 누군가의 영혼결혼식
이었다. 여자인지 남자인지는 잘 기억나지 않는다. 그 자
리를 주관한 사람이 바로 봉술 양반과 영란 오매였다. 죽
은 사람 대신 짚으로 만든 사람으로 혼례를 치르는 거였
다. 그걸 사람들은 제웅이라고 불렀다. 산 사람과 똑같이
산닭과 떡, 쌀 같은 걸 앞에 놓고 젊어 죽은 지푸라기 신
랑과 지푸라기 신부가 서로 맞절을 했다. 그 제웅 옆에서
사람들이 정말 사람에게 하듯 거들었다. 전통 혼례 격식
을 그대로 따랐다. 비는 사람, 우는 사람, 멍하니 쳐다보

는 사람, 음식 준비를 하는 사람, 떠들며 뛰어다니는 아이
들로 마당은 북적였다. 쓸쓸한 산꼭대기 그 집, 그때 처음
본 영혼결혼식은 무섭고 신기하고 눈물겹도록 아름다웠
다. 이승과 저승이 무언가로 굳게 연결되어 있다는 느낌.
그 느낌은 너무도 강렬해서 어린 내 영혼을 꼼짝없이 사
로잡기에 충분했다.

외갓집은 조앙신을 안 모셨어요?

항. 안 모셨어. 외갓집으선 장꽝에다 물을 떠 놓았어.

긍게 장꽝신을 모셨네요.

흰 사발에다 공을 들였어. 흰 대접을 받쳐서.

흰 대접에 흰 사발요. 그럼, 그땐 외할머니가 하셨겠
네요.

항. 할머니 때부터 힜은게 외할머니도 혔지.

물은 어디서 떠 오셨어요?

도롱골이라고. 집 우에 올라가면 있어.

그럼 집 안에다가는 신을 안 모셨어요?

집 안으다가는 안 혔어.

성주신 상도 차리지 않으셨어요?

성주상은 차렸제. 긍게 다 차리는 게 아니고 안 차리

는 집도 있어. 안 차리면 자기들은 차렸는데 안 차린다고
그 집 며느리덜이 숭보고 혔지.

나는 우리 집에 제사가 돌아오면 한쪽 작은 상에 성
주상을 따로 차린 걸 기억한다. 지금도 어머니는 변함없
이 성주상을 챙긴다.

어머니, 성주신이 뭐여요?

집 지키는 신이제.

어머니는 올해 여든넷, 나는 어머니 말을 한 톨이라도
흘릴까 봐 긴장한다. 몸은 하나의 커다란 귀가 되고 안테
나가 된다. 나는 문득 어머니 말을 받아 적는 게 시(詩)라
는 생각을 해 본다. 어머니가 새벽마다 떠 놓는 한 사발의
정한수 같은 시. 그 끼끗하고 맑고 정갈한 마음을 내 안에
도 오롯이 들이고 싶다.

어머니, 동짓날엔 팥죽을 끓였지요?

항. 퐂죽을 다갈다갈 끓여서 시안 내 디어(데워) 먹었
제.

팥죽을 집 안 곳곳에다 뿌리고 했잖아요. 나쁜 귀신
쫓는다고.

그릇에다 가지고 다니면서 수지로 뿌렸제.

팥죽에 들어가는 새알심이 몰랑몰랑 맛있었는데, 새알심은 무엇으로 만들었어요?

쌀가루허고 쑤시를 섞어서 만들었제.

근데 쑤시가 뭐여요?

밭에 심는 거 있잖냐. 지다라니.

아, 수수요. 이제 알겠네요. 새알심 맛이 쫀득하니 고소하고 달고 그랬어요. 어머니, 외갓집에서도 팥죽 끓였어요?

항. 외갓집으선 장꽝에다 한 그릇씩 퍼 놓고 혔어.

왜요?

귀신들 먹으라고.

귀신을 쫓으라고 놓는 게 아니고요! 어머니, 정월 대보름에도 밥이랑 나물을 해서 웃묵으다 놓았잖아요?

콩 삶고 퐅 삶고 쑤시밥(수수밥)을 혀서 놓았제. 나물도 많이 허고. 그걸 바가지에 물을 혀서 문 앞으다 놓았제. 짚을 한 줌 깔고. 귀신들 먹고 가라고. 그걸 무랍헌다고 혀.

나는 이참에 어머니에게 나 낳을 적 얘기도 듣고 싶

어졌다.

어머니, 나 낳을 때 추웠어요?

섣달에 났응게, 추웠지. 작은방으서 새복에 낳는디, 자다가 할머니가 듣고 호롱이 어딨냐? 쌀을 찾고 미역을 찾았제. 그전엔 호롱을 켜고 살았응게.

나 낳을 때 안 힘들었어요?

너 날 땐 하나도 안 힘들었어. 애기돌림서 그냥 낳아 버렸슨게.

돌림서가 무슨 말이에요?

긍게 심없이 낳았다 그 말여. 애기돌림서 낳았다고 하면 그전 사람덜은 다 알어.

힘들이지 않고 쉽게요. 내가 효자네요, 어머니.

그냐.

어머니도 나도 웃는다.

그럼 대문에 쌍줄도 쳤겠네요.

쌍줄은 이레를 쳤어. 할아버지가 지게를 지고 나가면서도 쌍줄에 꼬치가 빠져 있으면 찔러 넣고 나가셨제.

얼마나 좋으면 그러셨겠어요. 애기 나면 그때도 물 떠놓고 빌지 않았어요?

빌었제. 삼시랑님한티.

아, 삼신할머니요?

항. 웃목으다 짚을 한 줌 깔아 놓고 그 우에다 물을 떠 놓고 일곱 이레를 찾아. 미역국도 끓여 놓고 떡도 허고. 너그 큰성은 다 차렸어. 글고 이레가 지나면 안 해.

그때 뭐라고 빌었어요?

지금은 당최 다 잊어버려서······. 수지로 밥을 떠 먹는 인간들은 아모 분별을 모르고, 삼시랑님은 모다 잘 아신 게 어찌든지 손지들 잘 크게 히 주세요.

나는 어머니 말을 따라서 되뇌어 본다.

그려. 니가 잘헌다.

어머니는 잘 못 하세요?

나두 히 볼라고 멫 번 힜는디, 잘 못 혀. 꼭 뒤에서 너그 할머니가 치다보는 것 같아서 무서 갖고 못 힜어. 할머니가 잘 빌었어. 말을 잘 맨들어 갖고.

어머니에게 삼신할머니 이야기를 듣고 있으려니, 내가 지금 고향 집 작은방 어머니 배 속에 들어앉은 것처럼만 생각되었다. 뒷문 밖엔 눈보라가 치고, 대숲에선 대나무 억신 뼈가 서로 부딪치고, 뼈마디에선 파란 불꽃이 일고, 불꽃 속에선 살가지(살쾡이)가 눈뜨고, 바람은 사납

게 히잉히잉 깨죽나무를 뒤흔들고, 어머니는 만삭의 몸으로 불안스레 젊은 아버지의 얼굴을 바라보았을 것이다. 그 밤, 그 사나운 겨울밤, 그 핏덩이는 세상에 나오려고 한껏 몸을 뻗쳐 무엇을 부여잡으려 했을까. 그게 뭐였을까. 대체 무엇이었을까.

천변 풍경 1

팔복동 쪽에서 바라본 전주천. 건너편에 덕진공원이 있다.

—오리와 망원경

나는 틈만 나면 전주천에 간다. 오리를 보러 간다.
하지만 '보러 간다'는 말은 왠지 마음에 안 든다. 이 말
대신 난 '오리를 살러' 간다는 말을 좋아한다. 무거운
돌이 가슴을 꾹 누르듯 하루라도 오리를 보지 않으면
답답해 견딜 수가 없다. 숨이 턱 막힌다. 그러니 나는
'오리를 살러' 가는 것이다. 다행히 내겐 두 발과 작은

망원경이 있고 시간이 있다. 게다가 운 좋게도(?) 나의 집은 천변 가까이 있다.

전주천에 가면 언제나 오리가 있다. 물가에 나와 젖은 깃을 말리거나 먹이를 찾는다. 그렇게 물과 더불어 사는 오리가 나는 좋다. 좋아서 오리를 찾아다니고 오리를 부른다. 훽~이 훽~이 부르면 오리는 꽈~악 꽈~악 대답한다. 야~아 야~아 부르면 꽤~액 꽤~액 대답한다. 나는 꾸밀 줄 모르는 그런 오리가 참 좋다. 제 속마음을 그대로 드러내는 그런 시원시원한 목청이 나는 좋다.

오늘도 나는 천변에 간다. 오랜만에 내린 비로 물이 찰박찰박 흐른다. 흰 이마가 빛나던 돌도 흐뭇하게 물에 잠겨 있다. 나는 가끔 천변 의자에 앉아 그 돌을 바라보곤 한다. 몇 뼘 되지 않는 돌 위엔 흰뺨검둥오리가 정성껏 제 몸을 닦거나 목을 뒤로 꼰 채 깃털 속에 부리를 묻고 잔다. 대개 두 마리의 오리가 그러한데, 나는 그때마다 시샘의 눈길을 던지곤 한다.

나는 보도블록이 깔린 길을 천천히 걷는다. 물 위에 흰뺨검둥오리 몇 마리가 떠 있다. 나는 얼른 망원경을 꺼낸다. 망원경을 눈에 대고 한쪽 손가락으로 거리

동생(명희)이 사 준 망원경.

를 조절한다. 오리의 볼에 박힌 흰 눈이 부시다. 하지
만 나는 저 흰 눈을 훔치고 싶지는 않다. 물에도 녹지
않는 저 흰 뺨을 보는 것만으로도 나는 퍽 즐겁고 고
마울 따름이다.

바지 주머니에도 들어갈 만큼 작은 망원경을 가지
게 된 지는 얼마 되지 않았다. 전엔 얼룩덜룩 국방색
무늬가 있는 러시아산 망원경을 들고 다녔다. 그것은
서울의 동대문 벼룩시장에서 산 것인데 무거워서 겨
울에는 따로 가방에 넣고 다녔다. 또 너무 커서 들고
다니기에도 들고 오래 보기에도 불편했다. 그래서 생
일 선물로 명희(동생)가 망원경을 사 준 것이다. 나는
이 작은 망원경이 마음에 든다.

지난겨울 나는 이 망원경을 들고 매일 천변에서 살
다시피 했다. 방학이기도 했지만 이 망원경을 가지면

서 나는 전보다 더 오리를 좋아하게 되었다. 시력이 좋지 않은 나는 언제나 오리를 가까이서 생생하게 볼 수 있기를 바랐다. 이젠 며칠만 천변에 나가지 않아도 몸이 근질근질해 견딜 수가 없다. 빠갈빠갈 확독(돌확)에 대수리(다슬기) 갈리는 듯한 오리 울음소리 한 줌 호주머니에 넣고 돌아와야 마음이 편안해지고 비로소 하루를 산 느낌이 든다.

나는 머리에 싱그러운 봄바람을 쏘이며 조금 잰걸음으로 이곳저곳을 살핀다. 두리번, 두리번, 오리의 까만 눈알이 된다. 어디에 새로운 오리가, 물새가 왔나, 파수꾼이 되어 하나도 빼놓지 않고 수초며 갯버들 사이를 샅샅이 뒤진다. 그럴 때면 내 눈은 꼭 오리의 부리 같다. 어릴 적 츱츱 소리가 나도록 돌 밑을 뒤져 작은 물고기를 잡던 오리의 둥근 주걱이 내 눈에도 비죽 달린 것만 같다.

어머니, 우리 집에서도 오리 키웠어요?
물가생이 집에서나 키웠지. 우린 안 키웠어.
외갓집에서도 안 키웠어요?
안 키웠지. 또랑집에서들 키웠제. 근디 야가, 시삼

스럽게 먼 오리 타령이다냐.

그먼 오리 피 마시는 건 봤어요?

항. 밀가리에다 피를 받어서…… 어른들이 마시는 걸 봤제. 모다 풍에 좋다고들 혀서…….

그건 나도 아는디요.

그러냐.

나는 어머니 말에 조금 실망이 되었다. 재미있는 오리 이야기를 내심 기대했는데. 어머니는 그런 내 마음을 눈치채셨는지 이번엔 대뜸 닭 이야기다.

삥아리를 덕가리(어리)에다 키웠는디. 긍게 머시냐, 오리알을 닭알 속에 가만히 넣어 두면 닭이 그걸 품어서 새끼를 까.

긍게, 지 새낀 줄 알고 까는 거 아녀요.

그렇지.

마당에 풀어 논 삥아리를 방달이가 발목댕이에 채가고 그맀어.

근데, 어머니. 방달이가 뭐여요?

긍게, 그게 머시다냐.

혹시 독수리 아녀요?

맞어! 독수린갑다.

어머니는 방달이를 방달이로만 알고 있지 그게 독수린지 매인지 확실히 모른다.

어머니, 삥아리는 닭 새끼 아녀요. 그먼 오리 새끼는 뭐라고 불렀어요?

나는 대뜸 생뚱맞게 물었다.

기냥 오리지 머여!

어머니 대답 또한 기가 막히다.

천 건너편 외벽에 '유토피아'라고 쓰인 빨간 지붕을 바라본다. 저 작은 아파트를 바라보며 나는 둑 밑 버드나무 집에서 살았다. 저 이름은 그대로 내게 꿈이었다. 그리고 저 이름은 얼마나 달콤한 유혹이었던지. 저 유토피아에서 살고 싶었고 저 유토피아를 내 것으로 만들고 싶었다.

한 번도 본 적 없는 이상야릇한 향기를 풍기는 한 떨기 꽃 같은 이름. 어느 먼 별에서 떨어진 것 같은 이름, 유토피아. 나는 한동안 저 '유토피아'란 이름의 병에 걸려 열병을 앓곤 했다. 밤이면 나는 그 유토피아의 황홀한 불빛을 목말라 하며 둑길을 걸었다. 걸어도 걸어도 둑길은 끝나지 않았다. 둑길은 한 마리 커다란 뱀처럼 나를 집어삼켰다 뱉었다를 반복했다. 그때마다 나는 비명을 질러댔고, 밤하늘의 별들도 거기에 응답하듯 파란 소름이 돋곤 했다.

—가난한 사람들

얼마 전까지만 해도 전주천은 검은 폐수가 부글부글 끓는 버려진 내였다. 악취가 풍기고 온갖 쓰레기가 넘쳐나도 사람들은 눈 하나 깜짝하지 않았다. 그리고 그 버려진 천변을 배경으로 하루하루 먹고사는 사람들이 있었다.

그러니까 건너편 둑 비탈을 일구어 옥수수를 심어 먹는 사람이 있었다. 그는 낮은 슬레이트 지붕과 금 간 담장으로 둘러쳐진, 한낮에도 어두컴컴한 집에서 살았다. 그 집은 호성보육원 가는 길 입구 쪽에 있었다.

이제 막 옥수수알이 차기 시작할 무렵, 삐죽삐죽 노랑 수염, 붉은 수염이 나오는 옥수수는 마치 푸른 곤봉 같았다. 하지만 그 누구에겐 하루하루 삶을 잇는 소중한 양식이었고 내일을 기약하는 한 조각 붉은 햇덩이였다. 그런데 시청에서 어느 날 와서 낫으로 싹싹 베어 버렸다. 시하천에 불법으로 옥수수를 심어 먹는다는 게 그 이유였다. 며칠만 더 기다려 달라고, 이번 옥수수만 먹게 해 달라고 간청했지만 그들은 한마디로 묵살해 버렸다.

그 일이 있고 얼마 뒤 그는 농약을 먹고 죽었다. 그가 자살하자 일이 크게 확대되는 걸 원치 않은 관계 공무원들의 조문 행렬이 이어졌다. 좁은 동네 입구가 검은 세단으로 붐볐다. 그리고 유족들에겐 얼마의 위로금이 전해졌다는 소문이 나돌았다.

그가 옥수수를 심어 먹던 천변은 이제 주민들의 산책로가 되어 있고 모양도 우스운 각종 운동 기구들이 설치되어 있다. 아줌마들이 두 팔 꺾어 하늘에 주먹질하며 걷는 풍경도 이제 더 이상 낯선 광경이 아니다.

걷는 사람, 뛰는 사람, 자전거 타고 가는 사람, 가다 말고 서서 무언가를 골똘히 생각하는 사람, 낚시하는 사람, 풍 맞아 한쪽 다리를 절며 가는 노인, 커다란 개를 앞세우고 가는 사람. 물가에 우두커니 앉아 돌 던지는 사람, 사람들. 그들은 알까. 그곳에 예전엔 옥수수밭이 있었고, 그 옥수수밭에 마음 붙이고 살던 외로웠고 가난했던 한 사람이 있었다는 것을.

나는 물가에 핀 노랑꽃창포 한 송이를 바라본다. 제
법 우거진 갯버들 아래 수줍게 핀 창포꽃이 해맑다. 나는
다시 걸음을 옮긴다. 걷는 내 뒤를 흰 개망초꽃이 따른다.
개망초꽃은 가리지 않고 지천에 피어 있다. 원추리, 민들
레, 조팝나무, 제비붓꽃, 유채, 토끼풀, 자운영, 갈퀴나물
꽃, 개불알풀꽃, 달맞이꽃, 돌팥, 패랭이, 서양코스모스,
쑥부쟁이, 마거리트, 박주가리, 환삼덩굴, 메꽃 등이 천변
을 가득 메우고 있다.

가을이면 나는 천변에서 달맞이꽃 씨를 받는 사람, 돌
팥을 따는 사람을 보곤 했다. 달맞이꽃 씨는 기름을 짜서
먹거나 부인병에 좋다는 이야기를 들었다. 돌팥은 여우
팥이라고도 부르는데, 팥죽을 끓여 먹어도 좋고 이 역시
병을 고치는 데 탁월한 효능이 있다고 한다. 나도 그 얘기
를 듣고 가을 내내 검은 비닐봉지를 들고 흰 씨눈이 있는
돌팥을 따 날랐다. 어머니는 그걸 베란다 빨래 건조대 위
에 채반을 놓고 말렸다.

그런데 바짝 마른 팥이 몸을 비틀며 사방으로 튀는
바람에 그걸 또 줍는 게 일이었다. 하루는 어디서 이야기
를 듣고 왔는지 어머니가 그걸 빨간 양파 주머니에 넣어
말리는 것이었다. 나는 그 기막힌 방법에 탄성을 질렀다.

지들이 튀어 봤자 이제 부처님 손바닥 안인 것이다. 잘 익은 돌팥은 건들기만 해도 새끼줄처럼 배배 꼬며 총알처럼 멀리 튀어 나간다. 돌팥의 종족 보존 본능이 그런 식으로 진화했으리라. 하지만 그 까맣고 작은 돌팥 튀는 소리는 짜랑짜랑 실로 눈부시다. 그 때문에 돌팥을 딸 때면 여간 애먹는 게 아니다. 나중엔 꾀가 생겨 처음부터 돌팥 꼬투리를 한 번에 손아귀로 꼭 모아 쥐고 땄는가 하면, 아예 비닐봉지 안에 대고 따게 되었다.

얼마 전 나는 어머니가 끓여 준 돌팥죽을 처음 먹어 보았다. 베란다 한쪽 구석에 보관하고 있던 돌팥을 그동안 까맣게 잊고 있었다. 조금만 늦었더라면 벌레가 다 먹어 치웠을 것이다. 수제비를 떠서 만든 돌팥죽을 나는 단숨에 몇 그릇을 비웠다. 생전 처음 먹어 본다는 것만으로도 달달한 돌팥죽이었다. 어머니가 땀 흘리며 손수 만든 것이어서 더 달았을 것이다.

내 눈길은 호성보육원 가는 입구 쪽으로 자연스레 향한다. 히말라야시다의 우듬지가 우산처럼 옛 기억으로 들어가는 입구를 검질기게 덮고 있다. 농약을 마시고 생을 마감한 이가 살던 그 집. 저녁이면 지팡이를 휘두르며 쌀 좀 다오, 라고 부르짖던 유난히 쪼글쪼글한 주름의 머리가 허연 할머니. 눈을 감는다. 눈을 뜬다. 모든 게 아득한 옛날처럼 느껴진다. 다시 걷는다. 눈은 계속해서 두리번두리번 오리를 찾는다. 그 많던 오리들이 눈에 띄지 않는다. 3월이면 거의 모든 겨울 철새들이 다시 추운 북쪽으로 돌아간다. 그래도 남아 있는 겨울 철새들이 있다. 텃새가 된 겨울 철새들, 그중 가장 흔히 볼 수 있는 게 바로 흰뺨검둥오리다.

나는 어느새 작은 보가 있는 곳에 다다른다. 보 위로 찰방찰방 물이 흘러넘친다. 서너 마리의 흰뺨검둥오리가 행상 나온 아줌마처럼 가무스름 서 있다. 봄을 지나며 더욱 생기를 잃은 듯하다. 불룩 나온 앞가슴 털도 윤기를 잃고 덤불처럼 까칠하다.

지금은 토사가 쌓여 수심이 낮아졌지만 전엔 꽤 물이 깊었다. 내가 중학교 다니던 때만 해도 수문에서 내려다보면 아찔할 정도였다. 그리고 이 보 아래 빠져 죽은 사람이 있었다.

그는 우리와 함께 세 들어 살던 모씨 아저씨였다. 그러니까 나와 형이 살던 단칸 구석방으로 이사를 온 것이다. 그 바람에 우리는 주인이 요꼬(원단을 짜는 기계를 그렇게 불렀던 것 같다)를 하던 작은 방으로 다시 옮겨야 했다. 나중에 안 사실이지만 우리가 세 들어 살던 집은 원래 외양간이던 걸 개조한 것이었다. 그 코딱지만 한 방에서 할머니와 형과 나는 새우잠을 자야 했다. 그리고 겨울이 되면 이를 딱딱 부딪치며 긴 밤을 났다. 원래 방 용도가 아니고 공장으로 쓰려고 지은 집이라 되레 예전 방보다 못했다. 어떻게 구색을 맞추느라 연탄보일러를 놓긴 했지만 강짝이긴 마찬가지였다. 할머니의 끙끙 앓는 소리가 지금도 귀에 들리는 듯하다.

그 모씨 아저씨가 이 보를 건너 송천동 주정 공장에 다녔다. 비가 많이 와서 보를 건널 수 없을 땐 자전거를 타고 용산다리(지금 그 옛 다리는 없어지고 추천대교가 생겼다)를 건너 출근했다. 그때가 아마 여름이었을 것이다. 한밤중 나는 갑자기 밖에서 사람들이 웅성거리는 소리에 잠을 깼다. 모씨 아줌마의 울음에 가까운 다급한 소리며, 아버지와 어머니, 주인집 사람들, 그리고 몇몇 동네 사람들의 목소리가 함께 들려왔다.

모씨 아저씨가 보 아래 물에 빠졌다는 것이다. 벌써 집에 올 시간이 지났는데도 오지 않아 공장에 알아보니 퇴근한 지가 한참이란다. 분명 무슨 사달이 나도 크게 났을 거라며 아줌마는 이웃 사람들을 앞세우고 보가 있는 쪽으로 달음질쳐 갔다. 영문을 모르는 어린 아들도 엄마와 함께 뒤를 따랐다.

아버지와 이웃 사람들은 긴 장대와 손전등을 들고 보육원이 있는 골목 쪽으로 사라졌다. 나도 따라나서고 싶었지만 아버지가 허락지 않아 할 수 없이 집에서 초조하게 기다려야 했다. 그리고 얼마 동안의 시간이 흘렀을까. 사람들은 모씨 아저씨를 찾지 못하고 그냥 돌아왔다. 너무 어두워서 보이지 않는 데다 정확히 어느 지점에서 실족했는지 알 수 없어서였다. 그래서 날이 밝으면 다시 수색하기로 하고 돌아온 것이었다.

다음 날 이른 아침, 모씨 아저씨는 결국 동네 사람들과 소방구조대에 의해 익사한 채로 발견되었다. 사람들은 공장 사람들과 함께 술을 마시고 혼자 보를 건너오다 발을 헛디뎌 변을 당한 것이라고 했다.

그렇게 허망하게 남편을 잃은 아줌마는 그 뒤 포장마차를 하다가 갑자기 미쳤다고 한다. 결국 신이 내려 무당이 되었다고 하는데 지금은 어디서 사는지 알 수 없다.

그 보에서는 모씨 아저씨뿐만 아니라 겨울에 아이들(보육원에서 살던) 몇이 썰매를 타고 놀다가 목숨을 잃기도 했다. 나는 문득 저 잔잔한 물의 주름을 뒤집어 보고

1986년, 대학 1년 때 서울신문 신춘문예 당선 소식을 들었던 팔복동 집.

싶다. 물속 어딘가에 살얼음처럼 끼어 있을 아이들 울음
소리와 모씨 아저씨 뻣센 머리카락 한 올도 아직 박혀 있
을 것만 같다.

저 물에서 함석과 판자때기로 만든 배를 타고 고기를
잡던 동화네 아버지 얼굴도 떠오른다. 그는 아침 일찍 겨
우 한 사람이 탈 수 있는 작은 배로 그물을 쳐 고기를 잡
거나, 투망을 던져 고기를 건져 올렸다. 하지만 잡은 물고
기는 먹지 못하는 고기였다. 물이 심하게 오염되어 고기
에선 이상한 냄새가 났다. 나는 등 굽은 물고기를 본 적
도 있다. 그래서 하릴없이 심심풀이로 잡거나 개를 키우

는 사람들이 사료 대신 개에게 먹이려고 종종 잡는 경우가 있었다. 특히 덕진연못과 통하는 하수구 앞에선 배스가 많이 잡혔다. 나도 루어낚시로 이 외래종 물고기를 잡은 적이 있는데, 얼마나 힘이 좋던지. 그놈들의 이빨은 꼭 단단한 톱니 같았다. 작은 물고기를 함께 넣어 두면 무시무시한 이빨로 순식간에 으적으적 씹어 먹었다.

동화네 아버지도 물론 물고기를 자신이 먹기 위해 잡는 건 아니었다. 순전히 팔기 위해, 그러니까 명색이 어부인 셈이었다. 잡히는 고기들 중엔 잉어며 가물치, 붕어가 대부분이었는데 간혹 드물긴 하지만 메기나 빠가사리 같은 걸 잡을 때도 있었다. 그것들을 곧장 팔 수 없으니까, 집 옆의 밭에 웅덩이를 파고 물을 가두어서 그 안에다 얼마 동안 키우다가 서울이나 부산 같은 대도시의 매운탕 집에 파는 거였다. 요즘엔 산소 탱크에 싣고 가서 판다는 이야기를 낚시하러 온 사람에게 전해 듣기도 했다.

나는 어느 날 그 물웅덩이 옆을 지나다가 뱀처럼 생긴 물고기를 보고 기겁을 한 적이 있다. 그 물고기는 음지(드렁허리)라고 부르는데 한약재와 함께 달여서 약으로 먹는다고 했다. 나는 삼례시장 고무다라 안에 가득 들어 있는 음지를 본 적이 있다. 등은 엷은 갈색이고 배는 누르스름한데, 머리는 영락없이 뱀이었다. 그것은 물뱀하고도 달랐다. 우리는 음지라고도 부르고 엄지라고도 불렀다. 누군가 사람 엄지손가락만을 끊어 먹는다고 해서 엄지라고 부른다는 말을 했다. 그래서 웬만큼 용기가 없으면 감히 만져 보지도 못했다. 나는 몇 번 슬쩍 만져만 보았을 뿐 들고 다니며 놀지는 못했다. 하지만 동화네 형제들은 그 음지를 떡 주무르듯이 가지고 놀았다. 그래도 아무렇지 않았다.

그 동화네 아버지는 키가 훌쩍 큰데 깡말랐으며 앞이마가 훌러덩 벗겨졌고 노리끼리한 팔자수염이 성글게 나 있었다. 그는 늘 커다란 페트병 소주를 옆에 끼고 살았는데, 큰아들이 갑자기 오토바이 사고로 죽자 깡소주 마시는 날들이 더 많아졌고 급기야 술병으로 세상을 등졌다. 키가 작고 잘 웃던 동화네 엄마도 얼마 안 있어 술병으로 죽었다. 동화네 집 앞엔 크고 오래된 오동나무가 한 그루 있었다. 그 앞을 지날 때면 동화네 엄마 혼자 평상에 앉아 깡소주 마시는 걸 나는 심심찮게 보곤 했다. 두 사람 다 왜 그렇게 죽도록 술을 마셔댔는지 나는 도무지 알 수 없었다. 모두 환갑도 안 되어 세상을 떴다. 착한 동화 형제만 이 세상에 남겨 둔 채.

나는 수문이 있던 자리(높은 콘크리트 축대가 지금은 없다)에서 갈대와 부들이 있는 물가생이를 바라본다. 한때 그곳에 여름이면 흰 수련이 아름답게 피곤 했다. 이젠 토사가 쌓여 물 바닥이 보일 정도다.

나는 저 물 위에 떠오르는 악몽 같은 영상들을 손으로 휘휘 저어 버린다. 그 손은 옛 기억을 끄집어내는 갈퀴손. 나도 모르게 마음의 저편에서 부글부글 끓어오르는 손. 그 손을 거두고 나니 다시 잔잔한 물 위로 오리가 보인다. 죽음의 물을 헤집고 다니는 천연덕스러운 오리. 그러나 오리는 울지 않는다. 오리들은 부지런히 주둥이로 햇빛을 물어다 골고루 물 위에 풀어놓는다. 비로소 반짝반짝 빛나는 물비늘을 뒤로하고 나는 천천히 내리막길을 향해 걷는다.

"난 '오리를 살러' 간다는 말을 좋아한다.
무거운 돌이 가슴을 꾹 누르듯 하루라도 오리를 보지
않으면 답답해 견딜 수가 없다. 숨이 턱 막힌다.
그러니 나는 '오리를 살러' 가는 것이다."

문득 아득하다. 벌써 저만큼 흘리가 버린 것들, 흘러간 만큼 기억의 풀은 돋아나고, 시시때때로 바람에 흔들려 통째로 그 뿌리가 흔들릴 때가 있다.

그럴 때면 최대한 몸을 낮추고 그 풀의 속 깊은 흐느낌을 들어야 한다. 그 흐느낌에 귀를 기울이고 제 자신을 그 자연스러운 흐름에 내맡겨야 한다. 그렇지 않으면 그 지독한 풀의 수렁에 의해 누구든 순식간에 삼켜질 것이다.

2부

꿀을 따서 쌀도 바꾸고 뭣도 바꾸고

무서운 외갓집

익산 이모 결혼식 때. 앞줄 신부 옆이 어머니. 그 옆이 외할머니.
신랑 옆이 외할아버지. 그 바로 뒤가 아버지.
뒷줄 맨 오른쪽이 큰외삼촌.

　　내 어린 울음 한 조각은 아직도 외갓집 뒤안 어딘가
에 붙박여 살고 있다. 토란잎 둥근 지붕 아래일까. 장꽝
밑 틉틉한 그늘 속일까. 명아주처럼 키를 세우고 있을까.
나팔꽃 덩굴처럼 바닥을 기고 있을까. 담벼락 사이 시얌
(풀의 한 종류)이면 어떻고, 올랑올랑 돈나멀(돌나물)이
면 또 어떤가. 생각해 보면 그건 너무 과분한 일. 그 어린

울음은 푸른 혼 되어 그곳에 도깨비처럼 떠돌고 있을지도 모른다. 아니면 내 기억 속 혈(穴)을 파고 머구리(개구리)처럼 눈 끔벅이며 여태 살고 있는지도.

대여섯 살, 학교도 들어가기 전 어머니를 따라 외갓집에 간 적이 있다. 그때 나는 두런거리는 사람들을 뒤로하고 까무룩 잠이 들었다. 무슨 잔치가 있었을까. 제사가 있었을까. 그런데 이상하다. 다른 생각은 아무것도 나지 않는다. 단지 어머니와 단둘이 갔던 기억만 난다.

문득 한밤중에 나는 깨었다. 새벽이었나. 옆에 곤히 자는 사람들. 순간 두려움에 떨었다. 처음 겪는 낯선 공간에 대한 무서움 때문이었을 게다. 어머니가 보이지 않는다. 왜 어머니는 그때 옆에 없었을까. 뭔가 퀴퀴한 냄새와 어떤 슬픈 전설을 품고 있는 서까래와 오래된 궤와 거기 간신히 매달려 있는 박쥐 혹은 나비 문양의 장식……. 그런 것들이 뿜어내는 귀기(鬼氣)가 무섭고 슬펐다.

나는 그때 방 안을 둘러보았던 것 같다. 서로 뒤섞여 코를 골며 자는 사람들, 때 전 베개 사이 누가 누구인지 알 수 없는 얼굴들. 외할머니인지 외숙모인지 이모인지 외사촌들인지, 아니면 내가 모르는 먼 친척들인지. 다만 어머니 얼굴만 안 보였다는 것. 그리고 귀뚜라미 울음이

찬 공기를 울리듯 또롱또롱 들렸다는 것, 족제비들이 오글오글 어느 굴에선가 쏘아보고 있을 것만 같은 그러한 가을밤. 또 그 족제비들은 하나같이 달빛을 짱짱 꼬아 붙인 샛노란 수염을 달고 있는 것만 같았다.

그 밤, 낯선 풍경에 놀란 나는 그만 울음을 터뜨렸던 것 같다. 한밤중의 자지러진 울음. 그 울음소리를 듣고 모두 깨어났던가. 그 밑도 끝도 없는 무서움은 어디서 왔을까. 나는 방 안에서 울었을까. 아니면 어머니를 찾아 뒷문을 열고 나왔다가 맞닥뜨린 달빛 보고 울었을까. 그건 분명치 않지만 그때 내가 자지러지게 앙앙 울었던 기억만은 또렷이 남아 있다. 나의 낯선 공간에 대한 최초의 공포는 그렇게 외가로부터 왔다.

긍게 인공 때지. 한겨울에 눈이 많이 왔는디, 빨치산이 재 너머서 우리 집으로 왔어. 근디 을마나 배고픈지 밥을 달라고 혀서 밥을 줬어. 근디 조금 있슨게 경찰들이 발자국을 재서 따라왔어.

눈 위에 난 발자국을 보고요?

그렇지. 그때 내가 을마나 놀랐는지 웃집 봉남이네 아부지 시체가 있는 방으로 뛰어들어 갔지 머냐. 지금 생각혀 보면 그때 어떻게 그런 생각을 혔는지.

그 빨치산들은요?

벌써 지나간 뒤였지. 둘인가. 부부인가. 잘 기억이 안 나. 그 사람덜은 실상 진짜 빨치산도 아녀. 무신 죄를 졌는지 모르겠지만.

그때 어머니, 정말 무서웠겠어요.

말도 못 허지. 긍게 관이 있는 방으로 뛰어들어 갔지. 경찰덜이 총을 들고 쫓아왔은게.

집엔 어머니 말고 아무도 없었어요?

오매도 어디 갔는지 없었던 거 같어. 동상들만 있었던 거 같은디. 잘 모르겠어.

근데 그 재 너머가 어디예요?

거그가 내맛 구성물이라고, 그렇게 말하면 다들 알어.

어머니는 외갓집 이야기를 해 달라고 하자 육이오가 나던 열네 살 무렵 겪은 이야기를 했다.

어머니는 그때 일이 지금도 눈앞에 생생하다고.

성재굴이라고 있는디.

성재굴요?

외갓집 동네 입구에 있어. 작은외숙 집 안 있냐? 거그
옆으로 쪼옥 올라가면.

네. 그리서요?

긍게 반월리에서 빨치산들이 둘을 데려왔어. 한 사람
은 구장이라고 더 늙었고 또 한 사람은 젊어. 그 사람은
반장인디. 밥을 줘라고 혀서 밥을 줬어. 근디 늙은 사람은
곧 죽을 턴디 무신 밥이냐고 안 먹어. 조께 젊은 사람만
밥을 먹어.

그 젊은 사람은 몇 살쯤 되었어요?

한 오십쯤 되었나. 근디 그 구장이란 사람이 끌려감
서 말을 혀. 나 죽으면 반월리 사는 아들헌티 꼭 좀 알리
라고.

그래서 어떻게 했어요?

성재굴로 끌고 가 구덩이를 파고 찔러 죽였어.

찔러 죽여요?

창으루다.

나는 짐작하고 어머니에게 물었다. 창은 대창을 가리
켰다.

나중에 동리 사람들이 그 아들에게 연락을 혔어. 그리
서 아들이 관을 짜 가지고 와서 구장을 구름마에 싣고 갔제.

그 조금 젊은 사람은요?

그 사람은 식구들이 안 왔어. 무신 일인가. 아직도 거 그 묻혀 있을 턴디. 그전엔 참 무섰다잉.

어머니는 말끝에 이 말을 하셨다. 나는 괜한 말을 꺼냈나 싶었다. 그런 난리를 겪어 보지 않은 나에겐 그 무서움이 실감 나진 않았지만, 어머니의 말과 표정을 통해 조금은 짐작이 되었다.

외갓집이 있는 마을 이름은 큰못지다. 한자음으로는 대모(大毛)라고 쓴다. 큰못지란 이름을 한자화해서 쓰는 과정에 그렇게 이름을 붙인 모양이다. 하지만 난 큰못지란 옛 이름이 더 좋다. 실제로 동네 뒤엔 큰 못이 있다. 그 뒤로 오봉산이 있고, 오봉산 너머 작은못지 소모(小毛)가 있다. 큰못지 들어가는 입구 큰길가에 '정자리'라는 마을이 있다. 언젠가 전봉준 평전을 읽다가 봉준이 정자리 주막에서 막걸리 마시는 장면을 읽고 반가웠다. 그 마을에 이모할머니 한 분이 살고 계셨는데, 어릴 적 어머니를 따라 그 집에 간 적이 있다.

무슨 큰 잔치가 열렸나. 여기저기 붉고 푸른 등이 내걸리고 집 앞엔 맑은 또랑이 흘렀다. 오리들이 꽥꽥거리고 사람들의 흥성거리는 소리, 고소한 음식 냄새, 짐승 울음소리, 이런 것들이 한데 뒤섞여 마치 이 세상 풍경이 아닌 것처럼 느껴졌다. 그 빛과 소리와 냄새의 오묘한 조합이 외갓집의 또 다른 풍경으로 내 안 어디메쯤 오도카니 앉아 있다.

소와 벌 이야기

우리 집에서 검은 소 두 마리를 키웠다는 이야기를 오래전 아버지에게 들은 적이 있다. 그때부터 검은 소는 나의 빈약한 상상력을 채워 주는 존재가 되었다. 그 소는 내 무의식의 어느 지층에 숨어 있다가 불쑥 어떤 뜻 모를 이미지로 튀어나오곤 했다.

우리 집에서 검은 소를 키웠다면서요?

그건 잘 모르겄는디, 외갓집으선 소허고 뒤아지를 키웠제.

어머니가요?

암. 망태 끈을 머리에 매고 다님서…….

망태는 풀을 넣는 망태기를 말한다.

내가 어렸을 땐 소가 먹는 풀을 '깔'이라고 불렀다. 그래서 형들은 늘 '깔 베러 간다'는 말을 입에 달고 살았다.

인공 때는 빨치산들이 와서 소를 다 잡아먹었다면서요?

니야 내야 없이 다 잡았어. 큰방은 빨치산들이 살고 골방에서 우리가 살았어. 동네 집들이 다 그맀어. 시안을 못지서 살다가 갔어. 열네 살 때 소탕을 당해 가지고 소도 다 끌고 가 버리고 집도 다 타 버리고 굴속에 가서 살았제.

어머니 이야기를 들으면 빨치산이 와도 산으로 숨고 경찰이 와도 그랬다. 그랬으니 그 시절이 얼마나 무섭고 살기 힘들었을까.

어릴 적 외갓집에 가면 화장실이 제일 무서웠다. 재래식 화장실을 뒷간이나 칙간이라고 불렀는데, 바로 외양

고향 소금바우에서 살던 때(앞줄 왼쪽에서 두 번째가 나).

간 옆이었다. 소똥과 사람 똥이 나뭇재에 섞여 쌓여 있고 눈망울이 풍경만 한 누렁소가 매여 있었다.

나는 커다란 소가 옆에서 지켜보는 바람에 무서워 똥도 안 나왔다. 나보다 똥이 더 소를 무서워하지는 않았을까. 그리고 소가 되새김질하다 한 번씩 훅하고 입김을 내뿜을 때면 오금이 다 저렸다. 나는 또 뜨거운 혀로 내 똥꼬를 핥지는 않을까 지레 겁을 먹었던 것이다. 하지만 댕그랑 울리는 핑경 소리는 듣기 좋았다.

어머니, 우리 집은 벌도 쳤지요?
항. 내가 처음 벌을 받았제.
어디서 벌을 사 온 게 아니고요?

나는 정말 몰라서 어머니에게 물었다.

긍게 언진가 마당에 있는디, 벌이 앵앵 날아가.

아, 벌 떼가요.

그리서 함박에다 얼른 찬물을 받아다 빗자루에 묻혀 뿌림서, '들어, 들어, 자리 잡아라, 자리 잡아라' 소리를 질렀제. 그때 포대기를 허고 애기를 업고 있었는디, 애기 똥꼬가 질질 내려가. 조금 있은게, 우리 집에 감나무가 안 있었냐? 그 감나무 있는 홀타리(울타리)에 벌이 디룽디룽 앵겨. 그리서 성이 아부지, 성이 아부지 하고 너그 아부지를 불렀제. 그리 갖고 아부지가 벌을 받았어.

벌은 어떻게 받아요?

생쑥을 한 줌 뜯어다가 살살 벌을 쓸어 멍덕에 받어. 물을 찌큼서. 그럼 대장(왕벌)이 첫번으로 들어가고 그 뒤를 다른 벌들이 쪼옥 따라 들어가제.

긍게 어머니 덕분에 우리 집이 벌을 키우게 됐네요.

항. 벌이 삼십 통쯤 되었제. 벌은 일 년에 새끼를 네 배를 낳아. 아츰 아홉 시쯤 새끼가 나와.

어머니, 그때도 꿀이 비쌌지요?

항. 한 근에 얼마씩 팔고 혔제. 꿀을 따서 쌀도 바꾸고 뭣도 바꾸고. 한봉이 있고 양봉이 있는디, 한봉이 비쌌어.

어머니는 훗배 아플 때(아기를 낳고 난 뒤, 그러니까 산후에) 아버지가 팔팔 끓는 막걸리에 꿀을 한 중발 넣어 주면 그걸 마시고 괜찮았다고 한다. 그래서 지금껏 건강했을 거라고. 어머니 말을 듣고 있자니 그때 벌 떼를 향해 "들어, 들어, 자리 잡아라, 자리 잡아라"라고 주문을 외던 어머니 목소리가 지금도 공중에서 들려오는 듯하다.

맏딸인 어머니는 '핵교 문 앞으도 안 갔다'고 한다. 동상(동생)들은 다 핵교에 보냈건만. 그런데도 한글과 숫자는 어느 정도 안다. 외할아버지가 한글을 가르쳐 줬는데, 어찌나 무섭게 가르치던지 조금 배우다 말았단다. 그전엔 삐라가 많이 날아왔는데 우습게도 삐라를 보고 글자를 익혔단다. 전에 기초연금 때문에 동사무소에 갔는데 글씨를 예쁘게 잘 쓴다는 칭찬을 들었다고 내게 자랑을 한다.

천변 풍경 2

전주천에 많이 피던 갈퀴나물꽃.

—병사와 새와 꽃과

둑 아래 토사가 쌓여 길쭉하게 솟은 곳은 갈대와 갯버들이 무성하다. 마치 작은 섬 같다. 겨울엔 철새들이 그곳에 깃들어 산다. 그리고 그 양쪽에 작은 개울이 하나씩 흐르고, 나는 지금 이쪽 개울에 사는 쇠물닭 한 마리를 찾고 있는 중이다.

아니나 다를까, 갈대숲 사이 이마에 붉은 꽃을 피운 검은 쇠물닭 한 마리가 고개를 끄덕끄덕 먹이를 찾고 있다. 나는 좀 더 가까이 다가가기 위해 물가 밑으로 내려가는데, 쇠물닭이 벌써 인기척을 느끼고 헤엄쳐 간다. 갈대 사이를 헤치고 갯버들 쪽으로 금세 사라져 버린다. 나는 얼른 망원경을 꺼내 샅샅이 더터 보지만, 워낙 촘촘한 갈대와 갯버들 틈에 숨어 버려 찾는 게 쉽지 않다. 쇠물닭 집이 갯버들 있는 쪽이 아닌가 하고 나는 짐작만 한다. 매번 내가 나타나면 그쪽으로 사라지기 때문이다. 유난히 경계심 많은 쇠물닭은 수면성 조류라서 금방 숨지 못하고 그렇게 힘겹게 헤엄쳐 나아간다. 나는 그 모습이 또 싫지 않다. 나는 한동안 그 자리에 선 채 쇠물닭을 기다린다. 쇠물닭은 풀숲으로 사라진 뒤 감감무소식이다.

이번엔 어도(魚道) 위에 서 있는 왜가리를 본다. 팽팽하게 긴장해 있는 사선의 모가지와 눈빛. 주위의 공기마저 파르르 떠는 듯하다. 그 어도 두 개는 얼마 전 새로 만든 것인데, 어도 아래쪽 역시 쇠백로와 해오라기가 작은 물고기를 노리고 있다. 이럴 때는 꼭 용맹정진 수도하는 선승 같다.

나는 까만 스타킹을 신은 쇠백로가 물고기 한 마리를 잽싸게 찍어 올리는 걸 보고 다시 아래로 향한다. 그렇게 몇 걸음 옮기다가 낯선 새를 발견한다. 앞쪽 풀숲 위로 노랗게 솟은 두 개의 머리. 머리는 백로와 흡사한데, 노란 털이 나 있다. 생전 처음 보는 놈이다. 나는 가슴이 두근거리는 걸 가까스로 억누르며 천천히 나아간다. 발소리에 놀랄까 봐 최대한 몸을 낮추어 숨소리도 죽인 채 조심조심 걷는다. 호기심이 나를 꽉 붙들고 옴짝달싹 못 하게 한다.

나는 좀 더 자세히 보기 위해 망원경을 편다. 머리와 목의 노란 털빛이 눈부시다. 망원경에 눈을 댄 채 조금씩 앞으로 나아간다. 그때 나의 부주의에 놀란 한 마리가 갑자기 공중으로 날아오른다. 한 마리가 날아오르자 다른 한 마리도 곧이어 부웅 날아올라 그 뒤를 따른다. 먼저 날아오른 놈이 한 삼십 미터쯤 가서 도로 풀숲에 앉는다. 뒤따르던 놈도 역시나 그 옆에 사뿐히 앉는다. 아마도 둘은 암수 한 쌍이리라.

순간 장난기가 발동한 나는 어린아이처럼 냅다 소리 지르며 뛴다. 이번엔 두 마리 모두 큰 날개를 저어 아예 건너편으로 날아가 버린다. 그 새는 귀한 황로였다. 나는 모습이 영락없이 백로와 닮았다.

황로를 처음 본 나는 몇 번 더 그놈들을 망원경으로 살폈다. 그러다 물 위로 삐죽 솟아오른 바위에서 눈길이 멈췄다. 그 바위 위에 가끔 오리나 해오라기가 앉아 해바라기를 하거나 깃털을 말렸다. 운이 좋으면 거북이가 가느소롬히 눈을 뜨고 햇볕을 즐기는 모습도 볼 수 있다. 나는 혹시나 하고 훑어보지만 거북이는 보이지 않는다. 오리 몇 마리만 근처에 앉아 졸고 있다. 나는 실망하고 다시 발길을 돌린다.

얼마쯤 걷다 문득 영화의 한 장면 같은 풍경에 놀라 걸음을 멈추었다. 한 병사가 허리를 구부리고 꽃을 꺾고 있는 게 아닌가. 여러 빛깔의 꽃들을 한 줌 손에 넘치게 쥐고 있었다. 그가 다른 꽃들을 찾기 위해 풀숲에서 허리를 폈을 때, 나는 그가 얼룩덜룩한 카키색 군복에 빳빳하게 각이 진 모자를 쓰고 있다는 걸 알았다.

이곳 천변에 전혀 어울릴 것 같지 않은 풍경에 나는 순간 당황했다. 한편 아름답고 기묘한 모습을 연출하고 있는 병사에게서 눈을 뗄 수가 없었다. 그는 누구에게 꽃을 선물하려고 저렇게 정성 들여 꽃을 꺾는 것일까. 아직도 저런 들꽃을 받고 감격할 사람이 있을까. 하지만 그 꽃

다발을 받는 사람은 또 얼마나 행복할까. 이런저런 생각
이 머릿속을 어지럽게 맴돌았다. 그러면서도 나는 그 열
중에 방해가 될까 봐 얼른 그 옆을 지나쳐 가야 했다.

십몇 년 전만 해도 이 천변은 습지와 무성한 풀밭이
었다. 누런 소들이 등에 백로를 태우고 한가로이 풀을 뜯
었다. 동네 아이들은 이곳에 와서 개구리나 메뚜기를 잡
고 혹은 뱀을 잡았다. 검은 기름이 물가에 긴 띠를 이루고
있었다. 그 물가엔 살찐 잉어가 흔하게 죽어 나자빠져 있
었다. 그 썩어 가는 물고기에 파리 떼가 달라붙어 지루하
게 윙윙대곤 했다. 아이들은 또 매급시 그 잉어를 막대기
로 때리며 놀았다. 그 시절, 토할 것 같은 악취 속에서도
아이들은 물고기를 잡고 물고기들은 또 기꺼이 아이들의
즐거운 놀잇감이 되어 주었다.

—여름밤의 손님

어느 여름밤이었을 것이다. 장대비가 억수로 쏟아지
는 한밤중 나는 들창문 밖에서 들려오는 이상한 울음소
리에 잠을 깼다. 누군가 뒤안에서 혼자 서럽게 울고 있었

다. 나는 얼른 뒷문을 열고 밖으로 나갔다. 어둠을 부수고 내리는 빗줄기뿐, 밖에는 아무것도 보이지 않았다. 그리고 조금 후 한 차례 더 긴 울음이 이어졌다. 나는 귀를 쫑긋 세웠다. 아, 그 소리는 놀랍게도 바로 앞에서 들려왔다. 나는 창문 틈으로 새어 나오는 가는 불빛을 길잡이 삼아 둑 밑을 향했다. 거기 한 사내가 우뚝 서서 온몸으로 빗줄기를 받아내고 있었다. 둑 밑 외딴집 불빛을 찾아온 그 사내는 누구일까. 나는 빗줄기를 헤치고 가까이 다가갔다.

그리고 이내 숨이 멎는 듯 깜짝 놀라고 말았다. 그는 한 마리 커다란 소였던 것이다. 낮에 천변에서 풀을 뜯던 황소. 그 소가 어떻게 사람처럼 울 수 있었는지. 나는 믿기지 않아 몇 번이고 눈을 비벼 다시 쳐다보았다. 그런데 소는 나를 보고도 전혀 놀라지 않았다. 오히려 반가워하는 느낌마저 들었다.

나는 소의 발밑을 내려다보았다. 긴 줄 끝에 쇠말뚝이 매달려 있었다. 그제야 나는 소가 말뚝을 뽑고 둑을 넘어 이곳으로 왔다는 걸 알았다. 갑자기 내린 비로 생명의 위협을 느낀 소가 온 힘을 다해 말뚝을 뽑았을 것이다. 그리고 말뚝을 질질 끌고 비탈길을 거슬러 올라왔을 것이다.

둑 위로 올라온 소는 둑에서 제일 가까운 집을 찾았을 것이고 버드나무가 있는 외딴집, 바로 우리가 사는 집 뒤꼍에 와서 그렇게 제 스스로 설움에 북받쳐 울고 있었으리라. 무릎 위까지 물이 차오르도록 저를 천변에 홀로 내팽개쳐 둔 채 잠든 주인을 원망하며……

그런데 내가 떠듬떠듬 몇 마디 위로의 말을 건네자 소는 알아들었다는 듯 몇 차례 더 서럽게 운 뒤 더 이상 울지 않았다. 그러고는 나를 향해 후욱 뜨거운 훈김을 내뿜는 것이었다. 밤새 차디찬 빗방울로 뜨거워진 새하얀 김이었다. 사람에 대한 원망도 서러움도 모두 사라진, 초식으로 깊어진 내장 저 밑바닥에서 퍼 올린, 낯익은 풀내 같은 게 싸하게 코끝에 끼쳐 왔다. 이제 그 소도 이승의 무거운 짐을 털어 버리고 뚜벅뚜벅 저승의 어둔 둑을 넘어갔을 터다.

그 밤을 생각하니 문득 아득하다. 벌써 저만큼 흘러가 버린 것들, 흘러간 만큼 기억의 풀은 돋아나고, 시시때때로 바람에 흔들려 통째로 그 뿌리가 흔들릴 때가 있다. 그럴 때면 최대한 몸을 낮추고 그 풀의 속 깊은 흐느낌을 들어야 한다. 그 흐느낌에 귀를 기울이고 제 자신을 그 자연스러운 흐름에 내맡겨야 한다. 그렇지 않으면 그 지독한 풀의 수렁에 의해 누구든 순식간에 삼켜질 것이다.

그 기억의 풀은 어린 나를 둑길가에 세워 둔다. 실연 당한 처녀가 약을 먹고 비탈에 누워 있었다. 과수원 집 큰 아들이 발견하고 처녀를 리어카에 싣고 달린다. 택시가 다니는 큰길까지 가야 한다. 아직 병원까지는 멀다. 나는 무슨 일인가, 하고 멀뚱히 쳐다본다. 그 처녀는 그때 죽지 않고 살았을까. 지금은 결혼해서 잘 살고 있을까. 보도블록 사이에 개미 떼가 까맣게 몰려 있다. 그 검은 은하수가 흉터처럼 한낮을 뜨겁게 흘러가고 있다.

왼편에 이름도 생소한 게이트볼장이 있다. 가끔 노인들이 T자로 된 막대기로 공을 치는 모습을 볼 수 있다. 노인들 중 할머니가 대부분이다. 할아버지는 어쩌다 한두 명 눈에 띈다. 언젠가 내가 그 옆을 지나다가 알은체를 했더니 같이 게이트볼을 치잔다. 나는 시간이 없고 또 칠 줄을 모른다고 했더니 바로 가르쳐 준다. 요즘엔 그 노인들마저 보이지 않는다. 그나마 게이트볼을 치는 노인들은 선택받은 몇 사람에 불과하다.

그 게이트볼장에 노인들 대신 비둘기 떼가 앉아 은빛 모래알을 톡톡 쪼고 있다. 비둘기들은 늘 구슬 하나씩을 물고 우는 것 같다. 꼭 무슨 말을 할 듯 말 듯 끝내 하지 못하고 안으로 삼키는 옹알이 울음을 운다.

게이트볼장 바깥 구석 쪽엔 천막을 친 간이 휴게소가 있는데, 달랑 긴 나무 의자 하나가 전부다. 하지만 비가 오면 그대로 들이쳐 오래 앉아 있기 힘들다. 천막 밖엔 녹슬고 무거운 쇠 롤러와 낡은 소파 두 개가 놓여 있다. 소파는 게이트볼을 하는 노인들이 갖다 놓은 것 같다. 터진 자국이 있는 주황색 소파. 그 모습이 게이트볼장에 오는 노인들을 닮았다. 게이트볼이 치매 예방에 좋다고 나에게 자랑을 늘어놓던 노인이 있었다. 이제 좀 살 만하니까 치매부터 걱정하던 그 노인의 얼굴이 좀처럼 잊히지 않는다.

가끔 되약볕을 피해 천막 밑에서 낮잠을 자거나 술을 마시는 사람들도 있다. 그 게이트볼장도 관리를 하지 않아 여기저기 움푹움푹 파여 있고 풀들이 마구 자라고 있다. 이쪽이 고작 게이트볼장 하나와 족구 정도 할 수 있는 운동 시설이 있다면 건너편 천변은 다양한 최신 운동 기구들이 있다. 그 흔한 농구 골대도 이쪽엔 없다. 아마도 이곳이 공단을 끼고 있어서일 게다. 그래도 잘 이해가 되지 않는다. 멀리 천막 지붕 너머 공장 굴뚝들이 보인다.

하늘 향해 우뚝 솟은 저 뭉툭한 손가락들. 저 거대한 손끝에서 검은 연기가 치솟고 그 굴뚝 아래 굴속처럼 꿈도 희망도 까맣게 타 버린 사람들이 밤낮없이 일을 하고 있다. 나는 저 굴뚝 손가락이 과연 어떤 신을 향하고 있을까, 하릴없이 생각해 본다.

내 생각을 비웃기라도 하듯 백로 한 마리가 바로 앞 풀숲에서 날아오른다. 소 등을 타고 세상을 보던 예전의 눈 맑은 백로는 아니다. 그런 여백을 가지지 못한 백로는 어쩐지 초라하기조차 하다. 날아가는 백로의 뒷모습을 보자 검은 소를 타고 다닌 조선 초 재상 고부리가 떠오른다. 청렴하고 검소하기로 이름 높았던 그는 꽤나 옥피리를 잘 불었다고 한다. 나는 가당찮게 그 옥피리 소리가 그리웁다. 백로는 그렇게 상상의 나래를 펴게 하고 마치 백설탕처럼 하늘 속으로 녹아들 듯 날아간다.

— 야생 오리를 잡다

저만치 S자 곡선의 우묵 들어간 곳이 보인다. 길옆 키 큰 달맞이꽃 잎에 오리나무풍뎅이들이 붙어 있다. 녹색

광택이 나는 등껍질이 보석처럼 반짝인다. 잡을까, 나는 손을 내밀다 거둔다.

어릴 적 여름이면 나는 삼밭에 들어가 풍뎅이를 잡곤 했다. 그 잡은 풍뎅이의 머리를 야무지게 비튼 다음 뒤집어 놓으면 제자리에서 빙글빙글 잘도 돌았다. 우리들은 그런 풍뎅이에 더욱 신이 나서 손바닥이 퍼렇게 멍들도록 땅바닥을 치대며 흥을 돋우었다. 그러면 그럴수록 풍뎅이는 미친 듯 윙윙 바람을 일으키며 빠르게 돌았다. 그땐 놀이에 푹 빠져 풍뎅이의 고통 따윈 생각지도 못했다. 아니 애초부터 풍뎅이의 고통 따위엔 관심조차 없었다. 그런데 신기하게도 비틀었던 머리를 제자리로 돌려놓으면, 풍뎅이는 멀쩡하게 다시 하늘로 날아갔다. 그게 또 우리들을 즐겁게 했다.

나는 저 빤닥거리는 녹색의 보석들이 부서지도록 달맞이꽃을 흔들며 달려가고 싶다. 그때 뭔가가 내 옆을 휙 스치며 지나간다. 얼른 뒤돌아보니 토끼 키우는 할아버지 자전거다. 짐칸에 갈퀴나물꽃을 한 짐 싣고 간다. 함께 실려 가는 수줍은 진보랏빛 꽃떨기가 아리게 살에 박힌다. 정신이 다 혼몽한 저 빛깔을 두고 나는 무람없이 뒤돌아선다.

그리고 다시 아무 생각 없이 걷는다. 그사이 벌써 몇 사람이 내 옆을 지나갔다. 어깨에 문신을 한 사람이 땀을 뻘뻘 흘리며 지나가고, 언제나 스피츠 한 마리를 옆에 꼭 끼고 다니는 아가씨도 지나간다. 자주 보는 사람도 있고 오늘 처음 보는 사람도 있다. 대개 군살을 빼려는 아줌마거나 노인이다. 희망근로 나온 사람들은 앞에 반투명 챙이 있는 모자를 쓰고 옹기종기 앉아 풀을 뽑고 있다. 뒤엔 햇빛가리개 천이 달려 있어 방금 사막에서 도착한 사람들처럼 보인다.

그러다 문득 무언가 빠르게 달아나는 게 보였다. 나는 그게 오리 새끼라는 걸 바로 알았다. 천변을 걷다 보면 종종 마주치는 녀석들이다. 그놈들은 귀여운 흰뺨검둥오리 새끼다. 비가 내려 생긴 물웅덩이에서 올챙이나 작은 물고기를 잡아먹다 뒤늦게 인기척을 느끼고 후다닥 줄행랑을 놓으려던 참이었다. 나는 순간 심술이 발동했다. 그래요, 요놈들을 한번 잡아 보자. 두 팔을 한껏 벌려 녀석들에게 냅다 달려들었다. 하지만 번번이 녀석들을 놓치고 말았다. 생각보다 녀석들은 재빨랐다. 그런데 그중 한 마리가 방향 감각을 잃고 물가 반대쪽 비탈로 달아나는 게 아닌가. 하지만 녀석은 얼마 달아나지 못하고 원추리꽃 아래 가만히 주저앉아 버린다.

그놈은 중닭 정도 크기의 새끼였다. 내가 옆에 다가가도 달아날 생각은커녕 너무도 얌전히 앉아 있었다. 그럼에도 나는 얼른 잡아야겠다는 생각밖에 없었다. 나는 녀석의 몸통을 재빨리 꽉 움켜쥐었다. 물론 달아나지 못하게 날개 위쪽부터 잡는 걸 잊지 않았다. 하지만 녀석은 그런 나를 비웃기라도 하듯 너무도 태연히 내게 몸을 맡겼다. 집오리보다 순한 모습에 나는 놀랐다. 아직 날지 못하는 녀석은 제법 살이 올라 통통했다.

그사이 물 위로 달아난 놈들은 상류를 향해 부지런히 헤엄쳐 가고 있었다. 나는 생전 처음 잡은 야생 오리를 두 손으로 받쳐 들고 천천히 물가 쪽으로 향했다. 흥분한 나는 오리에게서 잠시도 눈을 뗄 수가 없었다. 나는 한쪽 손으로 오리를 안듯이 잡고 또 다른 손으론 머리며 목, 날개, 발을 쓰다듬고 얼렀다. 그리고 새끼 오리와 눈을 맞추려고 애썼다. 그런 내 모습은 애틋한 연인을 대하듯 세심하고 극진했다. 하지만 녀석은 그 순간에도 눈길은 오직 제 형제들 쪽으로만 가 있었다. 그 천진한 눈망울은 내 입김이 닿자마자 녹아 버릴 것처럼 위태위태하게 맑았고, 순결하고 그지없이 아름다웠다.

나는 더 오랫동안 오리와 함께하고 싶었다. 하지만 가족과 점점 멀어지는 게 걱정이 된 나는 서둘러 놓아주었다. 놈은 기다렸다는 듯 내 얼굴에 파다닥 물창(물보라)을 튕기며 쏜살같이 제 형제들 곁으로 달려갔다. 새끼는 모두 일곱 마리였다. 나는 더욱 마음이 짠해져 녀석의 뒷모습을 보고 느꼈던 서운함도 잠시, 그들을 향해 몇 번이고 손을 흔들어 주었다.

나는 마침내 모퉁이를 지나 아까시나무와 환삼덩굴이 우거진 곳에 다다랐다. 거기서 다시 숨을 죽이고 멈추었다. 건너편 갈대밭과 줄풀을 향해 물을 저어 나가는 뿔논병아리를 발견한 것이다. 논병아리는 많이 보았지만 머리에 왕관을 쓴 듯한 뿔논병아리는 조류도감에서만 봤지 실제로는 처음 보는 터라 나는 바짝 긴장했다.

행여 눈앞에서 녀석을 놓칠까 봐 나는 얼른 망원경부터 찾았다. 갈색 도가머리를 한 뿔논병아리가 틀림없다. 그런데 왠지 한 마리밖에 보이지 않는다. 원래 무리 지어 다닌다고 들었는데 한 마리만 보이는 게 이상했다. 나는 물가 주위를 꼼꼼히 살폈다. 하지만 다른 뿔논병아리는 더 이상 보이지 않았다. 풀숲 어딘가에 숨어 있을 거란 생각을 하면서 부지런히 녀석의 뒤를 쫓았다. 녀석은 잠시도 쉬지 않고 주위를 살피며 앞으로 나아갔다. 고개를 좌우로 일정하게 움직이는 게 여간 조심하는 게 아니었다. 새끼를 바로 옆에 두고 경계하는 꼭 그런 모습 같았다. 그러더니 곧 물가 수풀 속으로 영 사라지고 말았다.

나는 등에 새끼를 업은 뿔논병아리 모습을 못 본 게 못내 아쉬웠다. 젖먹이 동물이 아니면서 등에 새끼를 업어 키우는 부성애가 유별난 새라 아쉬움은 더 컸다. 다음을 기약하고 발길을 돌리는데 독새(독사)로 보이는 작은 뱀 한 마리가 개망초 그늘 밑으로 스윽 미끄러진다. 이내 자취를 감춘다. 그 옆에 이물없는 고향 같은 호박꽃이 깜박깜박 호롱처럼 켜져 있다.

천변 풍경 3

팔복동 쪽에서 바라본 전주천. 건너편에 송천동이 보인다.

— 뱀 쫓은 이야기

비얌이 방에 들어왔담서요. 어머니.

긍게 조작방애(외다리방아)에 보리를 찧어 갖고 아랫
묵으다 널어놨는디, 지다란 비얌이 그 저페(옆에) 가 있어.

독새가요?

아니, 살비얌(유혈목이)여.

그리서요?

그러고 비얌이 나 잡아먹어라 허고 자빠져 있슨게로 내가 을매나 놀랬겄냐. 무시서 방에도 못 들어가고. 그리도 어린 맴에 저것을 얼릉 쫓아내야겄다 생각허고.

그때, 어머니 나이가 몇 살이나 되었는디요?

가만 보자, 긍게 아마 여덜아홉 살 때였을 거고만.

그럼 굉장히 어렸을 때 일이네요. 그리서요?

야는, 끄떡허면 그리서요 그리서요. 내가 어년이(어련히) 알어서 안 허께미.

그리서요?

야가 또 그러네. 똑 청개고리모냥.

나도 웃고 어머니도 웃는다.

그리서 마침맞게 눈에 띈 게 쑤시빗자루 아녀. 고걸 척 치켜들고 비얌을 몰고 다녔제. 근디 비얌이 후딱 문밖으로 나가들 않고 을매나 애송바치게 허든지. 구성탱이로 히서 천자방으로 올라가는 비얌을 탁 쌔리면 방바닥에 툭 떨어지고 다시 기어가는 비얌을 쫓아가서 또 뚜들고, 언지까지 그러다 봉게 인자 비얌도 지치고 나도 지치고.

…….

그러고 있슨게 시간이 을마나 지났는지 오매가 지심
(풀)을 매고 왔어.

드디어 구세주가 왔고만요.

구세주가 뭐여?

긍게 외할머니가 구세주와 같다, 그런 말여요.

긍게 너그 외할매도 고걸 보고는 놀래 갖고 후딱 화
로에다 불을 피어 방 가운디다 갖다 놓았어. 그런 다음 멀
크락(머리카락)허고 꼬치(고추)를 함께 태웠제. 독헌 남
새가 방 안 가득 찬게로 비얌도 어느새 슬그머니 뒷문 밖
으로 나갔제.

근데 어머니, 멀크락을 어디서 그렇게 빨리 구했어요?

고게 그러케 궁금허냐?

나는 대답 대신 어린아이처럼 고개를 끄덕거렸다.

별것도 아닌디. 긍게 멀크락이 생길 때마동 고걸 몽쳐
서 다무락 사이에다 찡궈 놔.

왜요?

고걸로 엿 바꿔 먹을라고 그러지. 왜는 무신…….

나는 뱀 이야기 중에 어머니가 말한 조작방애가 궁금
했다. 대강 짐작이 가는 물건이긴 했지만 처음 들어 보는

이름이었다.

어머니, 근디 조작방애가 뭐여요. 곡식을 찧는 방아란 건 알겠는데…….

그먼 디딜방아는 아냐?

그건 당연히 알죠. 사람이 선 채 발을 굴러서 하는 거요.

바로 그 디딜방아가 조작방애여.

아, 그래요!

나는 조작방애와 디딜방아가 좀 다른 것 같기도 한데, 암튼 어머니는 같다고 한다. 내가 잘 몰라서 알기 쉽게 설명하느라고 그러는 것 같기도 하다.

그럼 조작방애가 외갓집에도 있었어요?

없었어. 그거 있는 집이 벨루 없어.

그먼 조작방애 있는 집에 가서 찧었어요?

그렇제. 품앗이루다 찧고 그랬어.

돌절구 같은 데다 곡식을 넣고 찧었죠, 어머니.

그려, 맞어. 두 사람이 발로…….

혹시 조작방애 있던 집이 누네 집인지 지금 기억나세요?

그거슨 모르겠는디. 너무 오래돼 놔서, 모다 잊어버렸제.

어머니는 그렇게 말해 놓고 영 찜찜했던지 자꾸 기억을 되짚는다. 나는 그런 어머니가 안쓰러워 얼른 말머리를 돌린다.

그럼, 그렇게 보리를 아랫묵에 말렸다가 어떻게 했어요?

어떻게 혀긴 어떻게 혀. 저녁에 확독에다 폿독(작은 돌)으로 갈아서 밥을 혀 먹지.

옛날엔 그렇게 뱀이 흔했다. 집 안에도 집 밖에도 뱀은 징그럽게 많았다. 뱀을 잡아서 구워 먹는 사람, 술을 담가 먹는 사람, 갖다 파는 사람 등. 집 안엔 집을 지켜 주는 업구렁이가 산다고도 했다. 그 뱀은 잡으면 안 된다고도 했고, 또 이사를 하면 이사한 집으로 그 업구렁이가 따라온다고도 했다.

어릴 적 나는 시골에서 전주로 이사 올 때, 그 업구렁이가 어떻게 전주까지 따라오나, 걱정 아닌 걱정을 하기도 했다. 나는 그 누런 능구렁이를 실제 집 안에서 본 적도 있다. 그러니까 어머니가 본 뱀은 능구렁이도 독새도 아닌 살뱀이어서 그나마 다행이라면 다행이었다.

팔복동 쪽에서 바라본 전주천.
왜가리 떼가 해 질 무렵 노을을 바라보는 모습은 장관이다.

— 나무다리 건너면

뱀들이 금방이라도 풀숲에서 꾸무럭꾸무럭 기어 나올 것만 같다. 나무다리가 있는 이쯤, 내가 늘 찾는 바위가 있다. 드문드문 흰빛이 박혀 있는 이 바위는 이상하게 푹신한 느낌을 준다. 나는 그 바위에 가 앉는다.

건너편에 유독 큰 글씨의 금성장례식장이 보인다. 그 앞 물가엔 낚시하는 사람이 서 있다. 고기 잡는 건 그냥 핑계이고 멍하니 물 흐르는 거나 바라보고 있는 것만 같다. 그런 생각이 또한 나를 우울하게 한다. 사내가 막 그 우울에 불을 댕겨 담배를 태울 참이다.

새 한 마리가 바로 앞 물웅덩이에 쏜살같이 꽂힌다. 그러더니 순식간에 은빛 물고기를 물고 솟구쳐 오른다. 그 동작이 마치 창을 내리꽂듯 정확하고 날래다. 광택으로 번쩍거리는 파랑의 물총새. 그렇게 공중으로 날아오른 새는 곧장 기슭을 따라 날아간다. 수면에 바짝 붙어 수평으로 날아가는 물총새. 먹이를 물고 어디로 가는 걸까. 어쩌다 눈에 띄는 물총새는 귀한 손님만 같다. 물총새를 보았으니 복 받은 오늘인 것만 같다. 멀어지는 물총새의 뒤를 쫓다 다시 물웅덩이로 돌아온 나는 또 한 번 신기한 광경에 놀란다.

쓱쓱 웅덩이에서 미끄럼을 타고 있던 소금쟁이들, 그 중 한 마리가 갑자기 풀쩍 뜀을 뛰어 저편 바위 위로 멋지게 착지한 것이다. 순간 나는 똑똑히 보았다. 작은 회칼처럼 번뜩이던 어린 물고기가 소금쟁이를 잡아먹기 위해 솟구쳐 오르는 것을. 물고기는 배스 새끼처럼 보였다. 어미 못지않은 날렵함에 기가 질렸다. 하지만 살기 위한 어린 물고기의 몸부림은 아름다웠다. 안도의 한숨을 쉬는 소금쟁이도 눈물 나게 아름다웠다.

초등학교 들어가기 전, 나는 또랑에서 중태기를 잡으며 놀았다. 내가 살던 곳에선 버들치를 중태기라고 불렀다. 중태기라는 말에서 풍기듯 나는 이 물고기가 깊은 산속 중 같다는 생각을 하곤 했다. 묵상하듯 고요히 움직이는 물고기. 이 물고기를 잡으려고 나는 친구들과 낚시를 만들곤 했다. 철사로 만든 조잡하기 짝이 없는 낚시였지만 어린 중태기는 곧잘 걸렸다. 아니 그냥 잡혀 준다고 해야 옳을지도 모르겠다. 미끼라고 해 봤자 보리 밥알이거나 풀씨 같은 거였다. 그렇게 쉽게 낚이는 중태기를 사람들은 먹지 않았다. 잡으면 그냥 버리거나 우리들은 배를 따서 바위에 널어놓거나 했다. 특별히 무얼 하기 위해서가 아니었다. 그냥 그게 놀이고 일상이었다. 깨끗한 물에서만 산다는 그 중태기를 우리들은 멍청하다고 놀렸지만 이젠 그 물고기들이 그립기만 하다. 지금 다시 낚시를 해도 덥석덥석 잡혀 줄 것만 같은 순박한 물고기. 그리운 이름 중태기가 금방 손에 잡힐 듯 눈앞에 아른거린다.

서해 갈매기들이 이곳까지 날아와서 물고기를 잡아먹곤 한다. 나는 그 갈매기들이 왜 바다를 두고 이곳까지 날아오는지가 늘 궁금했다. 단순히 먹이를 찾기 위해 이곳까지 날아올까. 정말 그럴까. 하지만 먹이만큼 중요한 게 또 어디 있을까.

족제비 한 마리가 빠른 속도로 길을 가로질러 풀숲으로 사라진다. 노랑 족제비다. 꼬리를 치렁하게 늘어뜨린 족제비가 나는 반갑다. 요즘엔 족제비 보기도 쉽지 않다. 그 많던 족제비는 다 어디로 사라진 것일까. 나는 빠르게 풀숲으로 사라진 족제비가 서운해서 그 주변을 눈여겨본다.

언젠가 나는 이 근처에서 뱀 굴을 발견하고 그 앞을 지날 때면 부러 한참을 서 있다 가곤 했다. 어느 날은 용케 굴속의 뱀을 보거나 그 주변에 뱀이 어슬렁거리는 걸 본 적도 있다. 하지만 뱀이 보이지 않는 날엔 어쩐지 쓸쓸하고 허전했다.

지난겨울엔 굴 밖에 나와 있는 뱀을 발견하고 도로 굴속에 넣어 준 적도 있다. 따뜻한 겨울 날씨가 뱀의 동면을 방해했을 것이다. 민들레도 천연덕스레 피어 있었으니 뱀이 굴 밖으로 나온 건 어쩌면 하나도 이상한 일이 아니다. 그 겨울 내내 나는 그 뱀의 안부가 궁금했다. 마치 오갈 든 사람처럼 더 이상 나아가지도 못하고 한자리에 꼼짝없이 웅크리고 있던 뱀.

그 뱀이 살던 비탈엔 지금 군락을 이룬 갈퀴나물꽃이 한창이다. 나는 이 보기 드문 장관을 '보랏빛 환상'이라 부른다. 말로 표현할 수 없는 아름다움이란 바로 이를 두고 하는 말이 아닐까. 눈부시다 못해 소박하고 서운한 마음까지 들게 하는 꽃. 꽃에게 서운한 마음이 들다니, 이 무슨 해

괴한 일일까. 하지만 그 꽃밭 옆에 잠시만 서 있어 보라. 그런 마음이 절로 들게 될 터이니. 각기 따로 떨어져 있을 땐 몰랐는데, 한데 모이면 전혀 다른 느낌이 든다. 참 흔하면서 귀한 꽃이다. 저 꽃을 베어다 토끼 먹이로 주는 동네 할아버지가 있다. 갈퀴나물꽃을 먹는 토끼의 표정은 어떨까. 볼록 튀어나온 볼로 꽃잎을 오물거리는 귀여운 토끼 입은 상상만 해도 즐겁다.

나는 이제 나무다리를 건넌다. 발소리에 놀란 오리들이 다다다다다 꽁지 빠지게 물 위를 달린다. 아직 날지 못하는 작은 오리다. 그 모습이 우스꽝스럽고 재미있다. 난 오리들이 달아나는 뒷모습을 한참이나 바라본다. 오리들에겐 죽고 사는 일일 텐데, 왜 내겐 즐거움이 될까.

오리들이 다리 밑을 지나 이곳 또랑까지 오는 건 순전히 먹이 때문이다. 공장에서 나오는 검은 폐수와 집에서 흘러나오는 온갖 구정물이 심한 악취를 풍긴다. 그 악취를 뚫고 썩은 사과나 밥찌끼를 먹기 위해 빠그작빠그작 또랑을 기어오르는 것이다. 팔뚝만 한 잉어도 굼실거릴 때가 많다. 벌써 오리들은 저만큼 달려가 언제 그랬느냐는 듯 한가롭게 헤엄치고 있다.

전라선이 지나가고 차가 지나는 다리 난간 밑엔 비둘

기들이 둥지를 틀고 산다. 이젠 오리나 비둘기도 기차의 굉음을 크게 개의치 않는다. 나는 문명의 표상 같은 육중한 다리 밑을 지나간다. 다리 밑 그늘은 질기다. 사람들은 그래서 여름만 되면 다리 밑을 찾는 것일까. 하지만 이곳 다리 밑은 외진 데다 바로 옆에 도로가 있어서 사람들이 잘 찾지 않는다. 가끔 공장에 다니는 가난한 청년들이 소주병을 들고 와 안주도 없이 마시다 갈 뿐이다. 저녁 무렵엔 짙게 선팅을 한 차가 오래도록 다리 밑에 멈추어 있다 가곤 한다.

다리를 벗어나자마자 혼자 낚시하는 노인을 만난다. 햇볕을 가리기 위해 우산을 쓰고 낚시하는 품이 한눈에도 예사롭지 않다. 나는 슬그머니 다가가 이물없이 말을 붙인다.

어르신, 고기 많이 낚으셨어요? 살림망 좀 봐도 괜찮을까요?

나는 힐끔 노인을 한번 본 뒤 물속의 살림망을 쓰윽 들어 올렸다. 순간 파다다닥 튀는 물고기들, 붕어와 잉어가 가득이다. 아직 저녁 전인데 노인은 벌써 솜씨 좋게 많이 낚았다. 거무스름한 등과 은빛 비늘을 번뜩이는 붕어가 지레 놀라 배를 뒤집으며 물창을 튕긴다. 그리고 아직 어린 잉어 한 마리. 나는 낚시에 방해가 될까 봐 얼른 살림망을 도로 물속에 밀어 넣는다.

어르신은 무슨 미끼를 쓰세요?

나는 짐짓 낚시에 조예가 깊은 양 묻는다. 노인은 방금 새 줄을 던진 뒤라 대답에도 여유가 있다.

그건 왜? 떡밥을 쓸 때도 있고 지렁이를 쓸 때도 있는디, 오늘은 떡밥만 쓰는디도 잘 올라오는고만. 이눔의 붕어가 떡밥을 써도 하나 물지 않을 때가 있고.

노인은 떡밥을 콩알만 하게 빚으면서 말한다. 말할 때마다 숭숭 빠진 이가 드러난다. 이마 사이에 골 깊은 주름살이 접힌다. 노인의 녹록지 않은 삶이 그대로 묻어난다.

노인은 건너편 송천동에 산다. 이곳 전주천에 피리만 없지 물고기는 뭐든 다 있단다. 메기, 빠가사리, 거북이, 자라, 가물치, 게 할 것 없이. 게는 시에서 강 아래쪽에 새끼 수만 마리를 방생했다고. 저 보 아래선 낚시하기가 힘들어서 그렇지, 밤엔 장어도 잡힌단다. 이제 이곳에서도 머지않아 낚시를 할 수 없을 거라고. 예전엔 기형 물고기들도 종종 눈에 띄었는데, 그때에 비하면 물이 많이 깨끗해졌다고. 나는 이것저것 더 물어보려다 낚시하는 데 괜한 방해만 될 것 같아 더는 말없이 자리를 떴다.

어릴 적 나는 어머니가 말한 그 용문 양반 뽕나무밭에서 동무들과 함께 오디를 따 먹었다. 처음엔 포로롬하던 것이 까맣게 익으면 달포름하게 맛있었다. 오디 특유의 맛이 감질나게 우리를 매번 유혹했다. 우리들은 주전자를 들고 뽕나무밭으로 몰래 숨어들어 입술이 새까맣도록 따 먹었다.

3부

새까만 베르베또 치마와 양단 저고리

스물네 살, 어머니가 부른 노래

어저끄 앞집 할머니 집에 가서 노래를 혔는디, 할머니
가 노래가 참 좋다고 혀서…….

어머니가 노래를요?

나는 어머니 노래를 거의 들어 본 적이 없다. 오래전
이미자 노래는 몇 번 들어 본 것 같다. 늦은 밤, 머리맡에
서 바느질하며 흥얼흥얼 〈섬마을 선생님〉과 〈동백 아가

어머니(21세), 아버지(22세) 결혼식 장면.

씨)를 불렀던 것 같다. 다시 물어보니 이제 기억을 못 한
다. 급기야 〈꿈에 본 내 고향〉을 몇 마디 읊조리더니, 아
버지 돌아가시고는 〈고향 생각〉을 자주 불렀단다. 그런
어머니가 갑자기 노래를 했다니, 믿기지 않았다.

　　너그 아부지 군대 갈 때 부른 노랜디, 어떠케 하나도
안 잊어먹고 생각났는지 모르겠다.

　　나는 얼른 어머니 노래부터 듣고 싶었다. 그래서 어머
니를 졸랐다.

어머니, 그럼 노래 한번 해 보세요.

어머니가 그새 노래를 잊어버렸을까 봐 조바심이 났다. 어머니는 벌써 눈가가 촉촉이 젖어 있었다.

전상의 무슨 죄로
여자가 되야서
남의 집에 가란 말을
누가 지었소
산도 설고 물도 설은
염암 땅에로
부모 형제 이별하고
저는 왔어요
오자마자 소집 영장
두 손에 받아 내가 만일
남자라면 대신 가겠소

어머니 목소리는 담담한 듯 약간 떨렸다. 그래도 단숨에 빼먹지 않고 불렀다. 노래 부를 때만은 기억이 더욱 또렷해지는 것 같았다. 어머니 스물네 살 때, 군 입대를 앞둔 아버지를 위해 불렀다는 노래는 이렇게 되살아났다.

그때 큰형은 세 살이었다. 아버지는 어머니보다 한 살 더 많은 스물다섯.

근디 이런 노래를 그땐 다 불렀어요?

아녀. 딴 사람덜은 못 혔어. 나만 혔지. 내가 지어 갖고 부른 거여.

그땐 이런 곡조에 가사만 조금씩 바꾸어 부르지 않았을까. 나는 짐작만 해 본다.

어머니가 이 노래를 자청해서 부른 건 아니지요?

항. 동네 청년 열댓 명이 우리 집에 와서 나보고 허란 게로 혔지.

아, 그땐 그랬겠네요. 아버지하고는 어떻게 만나 결혼했어요?

월리라고 동갑 친구가 있었는디, 나보다 먼저 결혼을 혔어. 월리 내우간이 소개를 혀서…… 처음엔 아부지가 소금바우는 민촌이라고 날 안 여울라고 혔어. 근디, 월리 내우간이 자꼬 와서 한번 보라고 헌게. 아부지도 사재가 머리 우에서 볶으면 못산다, 허고. 오매도 옆에서 그 사람덜 정성을 생각혀서 한번 보라고 허고. 그리서 봤제.

사재가 머리 우에서 볶으면 못산다는 말은 무슨 뜻이에요?

사재는 귀신을 말혀.

아, 그러니까 귀신이 자꾸 와서 들볶으면 살기 힘들다, 그 말이네요. 그럼 어머니는 결혼하기 전, 아버지를 한 번도 못 봤어요?

봤제. 아부지가 월리 친정으 산판일을 하러 동네에 왔어. 그땐 장작 한 다발에 스무 쪽인가 스무두 쪽인가 혔는디, 내가 한번 볼라고 허면 벌써 가 버리고 읎어. 그러다 하루는 너그 아부지가 지게를 지고, 앞집 황소가 논 가운데로 뛰어다니는 걸 우두커니 보고 서 있어. 그리서 봤지. 봉게로 인물이 넘 앞에 내놓을 만혀. 월리 신랑보다 십 배가 낫어.

나는 웃음이 나왔다.

근디 외할아버지도 그전에 아부지를 눈여겨봤댜. 아부지가 칠나무를 사러 와서는 돈은 조금밖에 못 가져왔다, 그러더랴. 그리서 외할아버지가 젊은 사람이 부모 약을 히 줄라고 그러는갑다 생각혔댜. 그 뒤 쟁기질허는 게 서툴러 쟁기질도 가르쳐 주고 혔다덩만.

그리서 결혼을 허게 되었고만요.

그리 갖고 외할아버지가 소금바우를 갔는디, 아부지가 뒷골 뫼똥에 올라가서 오나 안 오나 보고 그랬댜. 외할

군대 시절의 아버지(사진 앞쪽).

아버지가 간게, 아부지가 물팍을 팍 꿇더래.

아버지가 엄청 긴장을 했나 보네요.

이번엔 어머니도 웃고 나도 웃는다.

그리고 얼마 만에 결혼했어요?

보름 만에 혔어. 근디 이불을 혀야 허는디 미영다래
(아직 피지 아니한 목화의 열매)가 피도 안 허고.

피도 안 허고요?

아직 안 벌어졌다는 말여. 그걸 망치로 뚜드려 깨서
이불을 혔어. 원래 미영이 꽃송이가 흐여니 피어. 지금은 볼래도 볼 수가 없제.

결혼을 몇 월에 했는데요?

음력 구월 스무엿새 날.

어머니는 결혼 날짜를 정확히 뀐다. 육십 년도 더 지난 세월인데 어머니의 기억은 또렷하다. 전혀 더듬거리지도 망설이지도 않는다. 놀랍다. 어머니에겐 그만큼 중요한 날이었으니, 어쩌면 당연한 일인지도 모른다.

미영을 말리면 붕얼붕얼 펴져. 그걸 솜 타는 디 가서 솜을 타다가 이불을 혀서 갖고 갔어.

그러케 이불을 혀 갖고 간게, 오매가 걸렸는지 나중에 옷꼬(요꼬/편직) 짜는 디 가서 쉐타를 좋게 짜서 갖다줬어.

나는 그 마음을 조금은 알 것 같다. 육 남매 중 맏딸을 시집보내는데 이불 하나 제대로 못 해 보냈으니 오죽했으랴. 나는 어머니 흑백 결혼사진을 본 적이 있다. 사모관대를 한 아버지는 코가 우뚝하니 준수했고, 족두리를 하고 장옷을 입은 어머니는 자그마한 키에 이마가 반듯하니 고왔다. 어머니는 결혼식 때 새까만 베르베또 치마와 양단 저고리도 입었다. 명지(명주)로 지은 한복을 곱게 차려입은 어머니. 어머니는 그때 얼마나 곱고 눈부셨을까.

그때 아버지는 노래 안 불렀어요?

무신 노래?

아버지 군대 갈 때요.

불렀제. 내가 헝게로 그걸 받아서 불렀제.

어머니는 아버지가 불렀다는 노래를 또 막힘없이 부른다.

아내야 우지 마라

슬퍼를 마라

니가 울면

내 눈에서

피눈물 나온다

전상의 무슨 죄로

남자가 되야서

군인에 가란 말을

누가 지었소

산도 설고 물도 설은

논산훈련소

부모 형제 처자 버리고

저는 갑니다

아버지는 음력 2월에 오차(午車)를 타고 입대를 했다
고 한다. 어머니는 면회를 가려다 무슨 일로 못 가고 할머
니만 한 번 다녀왔다고 한다.

쥐 이야기 1

어릴 적 내가 살던 마을엔 깡쇠 양반이라고 불리는 사람이 살았다. 그에게 어떻게 '깡쇠 양반'이란 별호가 붙게 되었을까. 어머니 말에 따르면, 이 깡쇠 양반이 세상에 막 나왔을 때 깡아리(광주리)에 담아 실경(시렁)에 올려놓았다 해서 그런 이름이 붙었다 한다. 그렇게 하면 명이 길고 잘 컸다는 이야기가 전한다. 그 시절만 해도 어려서 목숨을 앗기는 사람들이 많았으니 그럴 만도 하다.

어쨌든 이 깡쇠 양반이 얼마나 고기를 잘 뻗쳤는지 동네 안에 모르는 사람이 없을 정도였다. 어느 여름날, 냇가 바위에 앉아 때끼칼(주머니칼)로 쥐 껍질을 벗기는 깡쇠 양반을 나는 본 적이 있다. 해는 뉘엿뉘엿 지는데 어스름 속 동네 어귀에 앉아 쥐 껍질을 벗기는 깡쇠 양반의 허기들린 퀭한 눈빛. 꺼먹 삼태기처럼 웅크린 깡쇠 양반이 내 눈엔 큰 쥐처럼 보였다. 입이 뾰족하고 귀가 달싹 붙은 전설 속에나 나옴직한 동굴 속 큰 쥐의 모습이 그랬다.

이런 깡쇠 양반을 동네 사람들은 너나없이 '고기뻔데기'라고 불렀다. 그때만 해도 일부러 쥐를 잡아먹는 사람은 거의 없었다. 유난히 고기를 뻗치던 그의 근천스러움은 누구네 잔칫날이나 명절날, 동네 무슨 무슨 대소사가 생겨 돼지라도 잡는 날이면 단박에 그 특기(?)가 드러나 사람들의 눈총을 받았다. 누가 더 고기를 먹을세라, 큰 고기 덤벙이(덩어리)만 골라다 먼저 혓바닥으로 슬쩍슬쩍 핥기만 하고 제 상 앞에다 수북이 쌓아 놓는다. 그러고는 다른 사람들이 다 먹길 기다렸다 뒤늦게 야금야금 뼈에 살 한 점 붙지 않게 깨끗이 발라 먹는 것이다.

난 지금 깡쇠 양반 이야기를 하려는 게 아니다. 바로

그 깡쇠 양반이 아주 맛있게 잘 자시던 쥐에 관한 이야기를 하고 싶은 것이다.

어린 시절, 쥐는 세상에서 꼭 사라져야 할 몹쓸 동물이었다. 쥐는 사람들에게 해만 끼치는 '족속'이었다. 세상의 모든 나쁘고 불결한 것의 집합으로서의 쥐. 그래서 '쥐새끼 같은 놈', '쥐뿔도 없는 게!' 같은 말도 생겼나 보다. 더구나 쥐 잡는 날까지 생겨 '쥐를 박멸하자' 표어가 난무하고 또 좋지 않은 관상을 말할 때도 '쥐상'이란 말을 썼으니 말이다. 좀 희망적이다 싶은 '쥐구멍에도 볕 들 날이 있다'는 속담도 실은 그 안에 조소와 야유가 숨겨져 있다. 우리의 고전 「쥐전」 속에 나오는 천 살이나 먹은 '서대쥐'란 쥐도 내겐 끔찍하기만 하다. 물론 세상에는 이런 쥐만 있는 건 아니다. 하지만 어린 시절 최초로 내 눈에 비친 쥐와 관련된 기억들 대부분은 이렇듯 어둠 속에 질척거린다.

고향 소금바우(염암)에 살 때 나와 동갑인 친구가 있었다. 그 친구 엄마가 두 아들(친구와 그의 형)을 데리고 세 번째 시집을 온 곳이 소금바우였다. 그 친구의 의붓아버지는 약장사를 따라다니며 연극을 하는 사람이었다. 그래서 여러 날 집을 비우는 일이 많았다. 그걸 알고 더

러 그의 엄마에게 수작을 부리는 사내들이 있었던 모양
이다. 그런 이유로 동네엔 좋지 않은 소문이 떠돌기도 했
다. 그도 그럴 것이 그의 엄마는 키도 훌쩍 큰 데다 갸름
한 얼굴에 얌전하고 노래도 잘 불렀으니 말이다. 하지만
동네 사람 대부분은 하릴없는 사람들의 쓸데기없는 소
리라고 치부해 버리곤 했다.

그의 엄마는 두 번째 남편이 병으로 죽자 본처가 있
는 남자에게 시집을 와서 아들을 하나 더 낳았다. 그 아
들, 그러니까 친구의 동생이 어려서 풍에 걸린 것이다. 나
의 작은고모도 어려서 그 병에 걸렸다고 한다. 그런데 할
머니가 물을 떠다 지붕에 뿌려 흘러내린 물을 받아먹고
간신히 살아났다고 한다. 그런데 이런 방법은 옛날부터
마을에 전해 내려오는 거라고 했다.

그 어린 아들(그 이름은 잊어버렸다)을 업고 꼭 미친
사람처럼 동네를 뱅뱅 돌던 그녀의 모습이 지금도 기억
에 또렷하다. 그때 그녀는 등에 잠든 아들의 뺨을 사정없
이 때리곤 했다. 왜 그랬는지는 잘 기억나지 않지만 그 병
에 걸리면 그렇게 잠이 쏟아지는 모양이었다. 시도 때도
없이 잠에 빠져드는 아들은 눈 한번 치뜨고는 다시 언제
그랬느냐는 듯 깊은 잠에 빠지곤 했다. 아무리 때려도 벌

게지기는커녕 희멀건 죽같이 창백해지기만 했던 그 아이의 두 볼······.

민간에 전해 오는 이런저런 방법을 다 써도 낫지를 않았다. 그렇다고 큰 병원에 갈 형편도 아니었다. 그러다 어디서 들었는지 그 '잠자는 병'에 생쥐가 특효라는 걸 알고는 그렇게 혼자 동네 구석구석을 뒤지고 다녔던 것이다. 금방이라도 눈물방울이 굴러떨어질 것 같은 그 깊게 팬 눈이 지금도 선하다.

하지만 개똥도 약에 쓰려면 없다고 생쥐를 쉽게 구하지 못했다. 며칠을 찾아 헤맨 끝에 마침내 생쥐를 찾아냈다. 작은 대접 같은 걸 들고 걸어오던 그녀의 얼굴엔 이젠 살았다는 표정이 역력했다. 부신 햇빛 속에 눈도 뜨지 않은 채 고물거리는 흰 생쥐들이라니!

그 생쥐를 아들에게 어떻게 먹였는지는 잘 모르겠다. 그걸 고아서 먹였던 것 같기도 하고, 살아 있는 걸 목구멍 안으로 꿀꺽 넘기게 했던 것도 같다. 그런데 그런 고생도 보람 없이 아들은 며칠 만에 죽고 말았다. 너무 늦게 약을 쓴 탓일까. 그때 그 어린 아들의 나이가 겨우 대여섯 살 되었을 무렵이었다.

정읍이 고향인 그녀를 두고 사람들은 팔자가 씨어서

농촌중견자원지도자교육 수료할 무렵(1972년)의 아버지.
앞줄 오른쪽에서 다섯 번째가 아버지.

그런다고 했다. 정말 그럴까.

　하루는, 남의 밭을 빌려 고구마 농사를 짓던 그녀가 어머니에게 찾아와 울며 하소연하더란다. 아들이 의붓아버지와 함께 밥을 먹는데, 어디에다 젓가락질해야 할지 의붓아버지 눈치 보느라 손을 벌벌 떨며 밥을 못 먹더라고. 그러더니 저녁에 무슨 소리가 나서 보니까, 잠든 의붓아버지를 본 아들이 윗목으로 벅벅 기어가 소쿠리의 고구마를 우걱우걱 먹더라는 것이다. 그 이야기를 하며 친아버지 같으면 어디 그러겠느냐고 퍽퍽 울더란다.

　그녀는 그 뒤로 세 번째 남편에게서 두 딸을 더 낳았

다. 그런데 그 세 번째 남편마저 죽자 다른 곳에 살던 본처가 와서 그 죽은 남편의 관조차 가져가 버렸다고.

지금은 전주 남부시장, 옛날 비단집에서 무슨 장사를 한다는 소문만 들리고 어머니와도 연락이 닿지 않는다.

그 소금바우에 살던 시절은 1970년대 '새마을 운동'이 한창 벌어지던 시기였다. 전국적으로 '쥐 잡기 운동'이 벌어져 면에선 부락마다 쥐약을 나누어 주었다. 학교에선 쥐 꼬리를 가져오라는 숙제를 내주어 집마다 쥐 꼬리를 자르느라 일대 소동이 벌어지곤 했다.

정지 아궁이 앞에 앉아 있으면 나뭇단 밑에서 약 먹은 쥐가 굼시렁굼시렁 기어 나오고, 부뚜막 위로도 쥐가 슬금슬금 기어다녀 놀라곤 했다. 그뿐만이 아니었다. 마루 밑에서, 장독대에서, 디엄(두엄)자리 옆 칙간에도 나타나고, 수돗가에도 쥐들이 몰려나와 죽어 나자빠져 있었다. 그때 쥐들은 하나같이 눈처럼 흰 두 개의 앞니를 무슨 원한처럼 악물고 있었다.

쥐 이야기 2

초등학교 시절,
서학동 집 옥상에서 동생 충희, 막내 덕희와 함께.

팔복동에 처음 이사 와 살 때의 일이다. 어느 날 저녁 대문 옆 끝방에서 형과 함께 자고 있는데, 천장 구멍으로 그만 쥐가 쑥 빠져 버렸다. 이불 위로 떨어진 커다란 쥐. 늘 그 자리에 오줌을 싸던 쥐. 그래서 동그란 구멍이 뚫린 천장. 그 위에 몇 번 종이(주로 못 쓰는 달력이나 신문지)를 덧대어 붙여 봤지만 소용이 없었다. 오줌만 싸도 괜찮

앉다. 그놈들은 매일 저녁 무슨 백 미터 달리기를 하는지 우르르 우당탕탕 천장을 운동장 트랙처럼 돌고 돌았다. 그것도 모자라 짝짓기 쟁탈전을 벌이는지 서로 찍찍거리며 물어뜯는 소리가 소름 끼칠 정도였다. 놈들은 보란 듯 작은 개처럼 사나웠다.

나는 저녁만 되면 그 쥐들 때문에 아무것도 할 수 없었다. 책도 읽지 못하고 잠도 잘 수 없었다. 급기야 나는 책상 위로 올라가 무릎을 꿇고 고양이 흉내를 내었다. 야옹, 야옹, 이야옹 하고 짐짓 고양이 우는 소리를 냈다. 하지만 영악한 쥐들에겐 그것도 부질없는 짓이었다. 슬레이트 몇 장, 벽돌 몇 장으로 허술하게 지은 집이라 별수 없었다. 그렇게 못 견딜 정도가 되면 빗자루로 한번 천장을 쿡 눌렀다. 그러면 얇은 베니어합판이 쿨렁하고 물결을 만들었다. 그때만 잠시 쥐 죽은 듯 조용할 뿐 도로 마찬가지였다. 쥐 오줌과 곰팡이로 얼룩진 천장. 보기만 해도 속이 메슥거려 토할 것만 같았다.

그러다 벽과 천장 모서리가 만나는 지점에 구멍이 뻥 뚫린 것이다. 몇 번의 땜질에도 소용이 없었다. 줄창 그 자리에 오줌을 싸대는 쥐들을 바꿔낼(견뎌낼) 방법이 없었다. 그날도 뱅뱅 돌던 쥐가 그만 구멍 속으로 빠져 버린 것이다. 그 바로 아래 형이 자고 있었다. 형의 얼굴 위로 떨어진 쥐. 형은 어둠 속에서도 그게 쥐임을 직감하고 불을 켜는 동시에 얼른 빗자루부터 낚아챘다. 그리고 아직 천장에서 떨어진 충격으로 정신을 못 차린 쥐를 단 한 번의 가격으로 절명시켰다. 쥐의 새빨간 피가 노란 장판 위에 낭자했다. 그걸 걸레를 빨아 닦아내곤 했다. 그 뒤 한동안 나는 그 자리에 쥐 냄새가 밴 거 같아 그곳엔 앉지도 못했다.

그런데도 형은 아무 일 없었다는 듯 그 자리에 태연히 누워 지냈다. 하기사 세 명이 나란히 눕기에도 비좁은 방에서 달리 방법이 없기도 했다. 나는 그 일이 있은 뒤에도 그 전과 다름없이 생활하는 형을 보고 내심 존경심마저 일었다. 나는 쥐가 방바닥에 떨어지자마자 얼른 구석쪽으로 몸을 피했던 것이다. 거기에 비하면 형은 얼마나 침착하고 의연했던가. 그러고 나서도 어두컴컴한 그 방에서 공무원 시험을 준비하느라 손목이 가늘게 말라 갔으니 말이다.

이쯤에서 오래전 셋째 형으로부터 들은, 죽음의 문턱에서 겨우(?) 살아남은 쥐 한 마리가 떠오른다. 그러니까 완산 칠봉 밑 서학동에 살 때이다. 집에 욕실이 따로 없는 단층 슬라브집에 살다 보니 매일 씻어야 하는 더운 여름이 문제였다. 그래서 생각해낸 게 이 층 옥상으로 올라가는 계단 옆에 발을 치고 욕실을 만드는 거였다. 여름엔 그 안에서 온 가족이 차례를 기다려 씻곤 했다. 하루는 형이 등물을 하다가 그만 지나가는 쥐를 밟고 말았다. 그 순간 형은 퍼뜩 생명의 존엄성을 느껴 밟고 있던 발을 후다닥 들어 올렸다고. 그 말이 진심인지 아닌지 나는 아직도 반신반의하고 있다. 내 생각엔 분명 놀랐거나 징그러웠거나 했을 터인데. 형의 말인즉슨 발에 조금이라도 힘을 가했으면 쥐가 압사했을 거란다. 나는 그 이야기를 듣고 대번에 하하하 웃고 말았다. 믿거나 말거나이지만 쥐 이야기가 나오면 어김없이 그때 형이 한 말이 떠오르는 건 왜일까.

쥐 이야기 3

나는 어머니 어릴 적 쥐 이야기가 궁금했다. 그래서 대뜸 어머니를 졸랐다. 어머니는 기다렸다는 듯 안색이 환해지며 한바탕 크게 웃으셨다.

내가 긍게 결혼하기 전, 큰애기 때 친구들허고 집에서 밤새기로 노는디. 그때가 아마 열일고여덜 살 되었을 턴디. 하이고 친구 중에 월리라고 있고만. 가가 신평으로 시집가서 지금 거그서 산다덩만. 그 친구가 을매나 텀턱 스럽고 활발한지. 궁게 아부지가 엄청 엄해 갖고 밤중에 어디 나가서는 못 놀아. 근디 친구들 불러다 집이서 노는 걸 갖고는 암말도 안 혀. 그렇게 허락을 힜어. 그리서 말 만 한 큰애기 댓명이 밤늦게까장 모여서 놀다가 잠을 잘 라고 불을 껐는디, 이눔의 쥐가 문구멍으로 쑥 들어 안 왔 냐. 다들 잘라고 그러고 있는디. 아 그리서 이눔의 쥐가 이불 위로 머리 위로 돌아다닝게 모다 놀라서 안 일어났 겄냐. 그런디 그 월리가 우리 중의 지일로 총기가 있어. 이눔의 쥐를 어떻게 잡나, 궁리를 힜어.

누가요? 어머니.

내가 금방 말힜잖여. 월리라고.

네에.

…….

어머니, 그리서요?

가만있자, 내가 어디까장 얘기힜지. 고새 다 까먹었 네.

쥐 잡을 궁리요.

그려. 그리 갖고 그 머시냐. 월리 고 가시내가 친구 하날 데리고 문밖으로 나갔지 않았겄냐.

어머니하고 다른 친구들은요?

긍게 쪼께 더 들어보면 알 거 아니냐.

네에.

응. 그리 갖고 월리가 바깥으로 나갔잖여. 그렇게 시방 쥐는 방 안에 있어. 밖으로 나오도 저도(저러지도) 못허고, 옴짝 방 안에 갇혀 있제. 그리서 월리 고 가시내가 친구허고 바깥으로 나갔잖여. 긍게 나간도꼴로(나가자마자) 얼른 잘구 주댕이를 뚫린 문구멍에다 대고선 소리를 질렀제. 야들아, 언늠 쥐 몰아! 그 말소리가 들리기 무섭게 우덜이 방 안에 있다가 비개고 뭐고 내둘러 쥐를 안 몰았는게벼.

그리 갖고요?

니가 쥐라면 어떠케 혔겄어?

그야 물론 앞뒤 잴 것도 없이 줄행랑을 놓았겄죠.

어디로?

지가 들어온 디로 나갔겄지요.

항. 옳게 맞혔고만. 월리 가가 문밖에서 기다리고 있다 잘구 안으로 뭐가 폭 떨어진게 얼른 잘구 주댕이를 잡아채서 꽉 막아 버렸어. 그리서 영락없이 독 안에 든 쥐가 된 거여.

그리서요?

그리서 머냐. 쥐가 옴싹달싹 못 헌게로, 쥐가 막 화딱징이 나 갖고 잘구 안에서 널뛰드끼 펄떡펄떡 안 뛰겄냐. 우덜은 그걸 보고 죽는다고 웃어쌌지. 월리 갸는 고걸 들고 뱅뱅 돌리지. 하이고, 나는 무서 갖고 잘구도 못 들겄등만.

그리서 쥐가 숨 막혀 죽었고만요.

야가, 시방 무신 말여. 그런다고 시상 쥐가 다 죽으믄 그게 어디 쥐다냐. 쥐 똥구녁이나 빨아먹는 벼룩 풍신만도 못허지.

어머니, 그러긴 혀요.

긍게 월리 가가 머시매들 몇 몫을 허고도 남는 애여. 그 짓도 곧 싫증이 난게, 고걸 냅다 땅바닥에다 딸기(패대기)를 쳤지. 몇 번 그렇게로 찍소리도 못 허고 고만 쥐가 짝 뻐드라졌지 머냐.

어떠케 그런 생각을 다 혔대요. 시집도 안 간 처녀들이요.

긍게 지가 거그가 어디라고 들어와. 들어오긴……

어머니는 금세 큰애기 시절로 돌아가 얼굴이 박꽃처럼 활짝 피었다. 그때 같이 쥐를 잡던 친구들은 지금 다 어디 사는지 어머니 눈가가 촉촉하다. 그리고 그 이야기만으론 좀 서운했던지 어머니는 얼른 또 한 가지를 덧댄다. 이야기인즉슨, 마당에 몰아 놓은 덕석 안으로 쥐가 들어갔는데 한쪽 구멍을 어머니가 막고 있었단다. 그런데 그 쥐가 어머니 쪽으로 도망치다 어머니 손가락을 깨무는 바람에 그만 쥐를 놓쳤다는 것. 어머니 손가락을 물었던 그 쥐도 지금은 고서(古書) 아닌 고서(故鼠)가 되었겠다.

쥐 이야기 4

내가 살던 이문동이 재개발되면서 나는 십여 년의 서울 생활을 접고 김제 밤골로 쫓기듯 왔다. 작은 시골 마을의 농가. 육이오가 끝나고 지어진 집이니 족히 오십 년은 된 집이었다. 그 집을 바로 전에 살던 사람이 개조해서 입식 부엌도 새로 들이고 마루도 덧대고 또 처마 끝에 차양도 달았다. 그래서 밖에서 보면 마치 입을 꽉 다문 꼬막이

나 납작 엎드린 자라 모양이었다. 그 때문에 낮에도 형광
등을 켜지 않으면 어두컴컴해서 책조차 읽을 수 없었다.
그리고 뒤안엔 무슨 원한에 사무친 장수처럼 아름드리
깨죽나무 혼자 검질긴 그늘을 드리우고 서 있었다.

또 이전 주인은 마당 옆에 방 한 칸짜리 슬레이트집
을 새로 올렸는데, 이미 보일러도 터지고 고장 나서 더 이
상 쓸 수 없게 되었다. 나는 그 방에 새로 도배를 하고 장
판을 깔아서 내 서재로 썼다.

그 방 옆엔 철망과 나무판자와 철골, 슬레이트로 얼기
설기 만든 가축우리가 있었다. 동생과 난 그 우리 안에 때
까우(거위)와 기러기, 토끼, 닭을 키웠다. 그런 때문인지
이 집엔 유난히 쥐가 들끓었다.

밤골에 살면서부터 내겐 쥐 잡는 일이 중요한 과업(?)
의 하나가 되었다. 방이고, 마루고, 천장이고, 부엌이고,
마당이고, 화장실이고, 창고고, 지붕이고, 수돗가고, 가축
우리고, 쥐가 다닐 수 있는 곳이면 어디든 쥐가 출몰했다.
어느 저녁엔 빨랫줄을 타고 가는 신기한 서커스단(?) 쥐
도 볼 수 있었다.

하루가 멀다 하고 끈끈이에 붙은 쥐를 땅속에 묻어야
했다. 나중엔 마당 앞뒤 어느 곳에도 묻을 자리가 없어 묻

은 곳을 다시 파고 묻는 일까지 생겼다. 아교풀 같은 것에 범벅이 된 쥐가 썩지도 않고 곤죽이 되어 물엿처럼 주욱 흘러내렸다. 그 끈끈이도 모자라 쥐덫까지 사다가 곳곳에 숨겨 놓곤 했다. 그렇게 쥐 잡는 일에 이골이 났다. 그리고 거기서 나는 몇 가지 중요한 사실을 터득했다.

끈끈이로 쥐를 잡는 경우, 유인용으로 붙여 놓은 사료(대개 콩알만 하며 두세 개 정도이고 개 사료와 비슷함)만으론 턱없이 부족하다는 것. 그것만으로 운이 좋으면 잡을 수도 있겠지만 그러기엔 오랜 시간과 참을성이 필요하고 갈수록 약발이 떨어져 결국엔 곰팡이가 파랗게 슬기 마련이라는 것.

하지만 이것도 멸치만 있으면 간단히 해결할 수 있다. 쥐를 유인하는 미끼로 멸치를 쓰는 건 그닥 어려운 일이 아니다. 끈끈이를 몇 번만 써 보면 금방 알 수 있기 때문이다. 그런데 끈끈이 한 장으로 쥐를 여러 마리 잡는 방법에는 조금 더 세심한 주의가 필요하다.

간혹 어미 쥐나 새끼 쥐가 끈끈이에 붙는 경우가 있다. 이럴 땐 당장 쥐 잡는 것에 정신이 팔려 성급하게 쥐를 수거해선 안 된다. 그러면 다른 쥐들을 놓치기 십상이다. 왜냐하면 어미 쥐일 경우 새끼가 어미를 찾다가 함께 끈끈이에 붙는 일이 있기 때문이다. 새끼에게 줄 먹이를 찾다가 끈끈이에 갇혀 버린 쥐. 몸을 움직일수록 더욱 달라붙는 끈끈이 풀. 새끼를 애타게 찾는 어미 쥐의 울음. 또 그 소리를 듣고 구멍 속에서 기어 나오는 어린 쥐. 기다리다 기다리다 배가 고파 어미를 찾는 새끼까지 모두 한 장의 끈끈이에 붙고 마는 것이다. 결국 한 가족이 모두 다 끈끈이에 들러붙어 죽는 것이다. 나는 큰놈, 작은놈 올망졸망 대여섯 마리가 한꺼번에 끈끈이 위에 빙 둘러 죽어 있는 것을 본 적이 있다.

그런가 하면 새끼가 집을 나간 어미를 찾으러 왔다 끈끈이에 붙는 일도 있다. 아니면 어미가 한눈판 사이 말썽쟁이 새끼 쥐가 몰래 나왔다 달라붙기도 한다. 또 유독 허약한 새끼가 먹이를 찾으러 나왔다가 끈끈이에 한쪽 다리가 붙는 경우도 있었다. 그럴 때 어미를 찾는 새끼의 애끓는 울음소리를 어떤 어미가 외면할 수 있을까. 새끼를 찾아 나선 어미와 또 뒤따라 나온 형제들이 강력 접착제에 오보록이 들러붙는다. 한번 붙으면 여간해서 헤어나올 수 없는 깊은 수렁의 끈끈이. 그리고 서로를 부르는 애끓는 소리가 점점 멀어지며 죽는 것이다.

그러면 어떤 사람들은 말할 것이다. 어미 쥐와 새끼

쥐를 어떻게 구별할 수 있느냐고. 하지만 그건 걱정하지 않아도 된다. 누가 가르쳐 주지 않아도 육안으로 몇 번 관찰하면 금방 알 수 있다. 그러면 또 어떤 사람들은 말할 것이다. 그렇게 쥐를 잡는 것은 너무 잔인한 방법이 아니냐고. 그러면 난 묵묵부답.

그런데 끈끈이로 쥐를 잡는 경우 조심하지 않으면 의외의 낭패를 볼 수 있다. 또 생각지 못한 뜻밖의 일을 당할 수도 있다.

한번은 가축우리 안에 끈끈이를 놓아둔 적이 있었다. 주로 토끼와 닭의 사료를 노린 쥐들의 극성 때문이었다. 토끼장과 닭장이 있는 쥐가 잘 다니는 길목에 몇 개의 끈끈이를 놓고 며칠 동안 지켜보기로 했다. 그런데 쥐가 걸려들기는커녕 개미 새끼 한 마리 얼씬거리지 않았다. 여시가 다 된 쥐들이 내 속을 환히 꿰뚫어 보고 있는 것 같아 나는 얼굴이 화끈거릴 지경이었다. 나는 어서 그것들이 걸리기만을 성마르게 기다리고 있었다.

그러다 우리 안에서 이상한 소리가 나는 걸 들었다. 쥐가 찍찍거리는 소리 같기도 하고 아닌 것 같기도 하고. 그 순간 나는 퍼뜩 며칠 전 놓아둔 끈끈이가 떠올랐다. 그리고 냅다 우리 안으로 뛰어들어 갔다. 맙소사! 내 눈앞에 비친 건 쥐가 아니라 참새였다. 한 마리는 이미 끈끈이에 붙어 죽은 채였고, 나머지 한 마리가 날카롭게 짹짹 울부짖고 있었다.

나는 아직 살아 있는 그것을 살리기 위해 끈끈이로부터 조심조심 떼어냈다. 이미 깃털이 날개와 다리에 실뭉치처럼 한데 엉겨 붙어 그것부터 분리해야 했다. 하지만 작은 몸을 옴쭉 못 하게 결박하고 있는 강력 접착제를 어떻게 제거해야 할지 난감하기만 했다.

나는 얼른 뒷면에 적혀 있는 사용 설명서를 훑어보았다. 거기엔 접착제가 묻으면 먼저 석유로 닦아낸 다음 세척제로 깨끗이 씻으면 된다고 했다. 하지만 집 안 어디를 찾아보아도 석유는 없고 그래서 생각해낸 게 주방용 세척제 '퐁퐁'이었다.

곧바로 세척제를 묻혀 날개부터 씻었다. 하지만 워낙 강한 접착제는 좀처럼 씻기지 않았다. 참새는 이제 접착제와 세척제 그리고 물에 범벅이 된 채 울음소리조차 내지 못했다. 그러더니 잠시 후 힘없이 눈까풀을 내려뜨렸다. 그제야 나는 참새가 끈끈이에 달라붙은 사료나 귀뚜라미를 먹기 위해 그 위에 앉았다는 걸 깨달았다. 끈끈이엔 귀뚜라미 이외에 파리와 모기, 거미, 공벌레까지 다양한 벌레들이 눌어붙어 있었다.

그렇게 쥐를 잡아도 쥐는 쉬이 줄지 않았다. 어느 날은 전기밥통 김 나는 구멍을 다 갉아 놓아 밥 위에 붉은 가루가 소복이 쌓여 있기도 했다. 나는 그걸 보고 경악했다. 쥐의 무쇠보다 강한 이빨에 대해. 그리고 쥐의 무서운 생존본능에 대해. 또 어느 저녁 무렵엔 옆집 이장님 댁 외양간 지붕 위에서 마당의 감나무 가지 위로 까맣게 뛰어내리는 쥐 떼를 보기도 했다. 그것들은 마치 날개를 달고 있는 듯했다. 나는 한동안 내 눈을 의심했다.

요즘은 쥐약이 발달해 예전처럼 쥐가 죽어도 심한 악취를 풍기지 않는다. 약을 먹은 쥐가 빛을 쫓아 어두운 데서 밝은 곳으로 나오기 때문이다. 또 천장 같은 밀폐된 공간에서 죽어도 썩지 않고 그대로 박제가 되어 버린다. 인간과 쥐의 싸움은 언제나 끝날까.

쥐 이야기 5

대설이 얼마 남지 않은 어느 추운 겨울 저녁의 일이
다.

그날 저녁 나는 마침 오줌이 마려워 방문을 열고 막
나오는 중이었다. 그때 열린 문틈으로 커다란 쥐 한 마리
가 불쑥 들어온 것이다. 순간 아차 싶었으나 때는 이미 늦
고 말았다. 쥐에 대한 경계를 늦춘 게 화근이었으나 쥐가

그렇게 뛰어 들어올 줄은 미처 생각지 못했다. 문 앞에 댓돌처럼 널빤지를 하나 놓았는데, 늘 쥐가 그 밑으로 다녀 신경이 쓰이곤 했다. 하지만 미닫이문 아귀가 잘 맞지 않아 문을 한번 열려면 으레 덜커덩거렸고, 그 소리에 놀란 쥐가 가축우리나 창고 쪽으로 달아나기 일쑤였다. 그런데 그날은 갑자기 쥐가 방향을 바꿔 내 방 안으로 쑥 들어오고 만 것이다. 나는 기겁을 했고 당황한 나머지 어찌할 줄 몰랐다.

하지만 그것도 잠시, 저 막돼먹은 쥐를 어떻게든 잡아야겠단 생각만 들었다. 일분일초도 지체할 수 없었다. 나는 오줌 누는 것도 잊고 곧바로 쥐덫 하나를 찾아냈다. 쥐덫은 원평 장날에 이천 원을 주고 사 온 것이다. 마당엔 그새 눈이 살포시 쌓여 있었다.

나는 단박에 놈을 생포하기 위해 가장 통통하고 빛깔 좋은 멸치를 미끼로 골랐다. 작은 갈고리에 끼운 멸치는 내가 보기에도 먹음직스러웠다. 나는 급히 준비한 쥐덫을 문 안쪽에 놓아두고 방을 나왔다. 이제 쥐덫 안으로 배고픔을 참지 못한 쥐가 들어가기만 하면 되었다.

그렇게 쥐덫을 놓은 뒤, 궁금함을 참지 못한 나는 수시로 문을 열어 확인했다. 쥐덫은 번번이 텅 비어 있었다. 하루가 지나도 마찬가지였다. 나는 혹시 먹이에 문제가 있어 그런 건 아닐까 생각하고 이번엔 실한 고구마를 골라 도톰하게 저몄다. 그런 다음 그걸 멸치 대신 끼웠다. 고구마 속살이 유난히 하얘 보였다. 어쩐지 느낌이 좋았다. 그리고 또 하루가 지났다.

이번엔 부정이 탈까 봐 아예 쥐덫 근처엔 얼씬거리지도 않았다. 쥐가 안심하고 쥐덫 안으로 들어가기만을 바랐다. 하지만 이틀이 지나도 쥐는 온데간데없고 고구마는 그대로 매달려 있었다. 꼬들꼬들 말라 가는 고구마 빛깔이 더욱 실망감을 안겨 주었다. 난 쥐가 벌써 어디로 도망친 건 아닐까 하는 의구심마저 일었다. 그렇지 않고는 어떻게 이틀이 지나도록 먹잇감에 이빨 자국 하나 남기지 않을 수 있나.

나는 다시 한 번 방 안 구석구석을 살펴보았다. 하지만 간이침대 밑과 책장 그리고 컴퓨터가 있는 책상 밑 어디에도 쥐는 없었다. 심지어 침대 위 담요와 이불, 베개도 뒤집어 툭툭 털어 보았지만 어디에 숨었는지 놈은 털끝 하나 보이지 않았다.

그렇지만 쥐가 아직 방 안에 있다는 건 확신할 수 있었다. 여기저기 쥐똥이 깔려 있고 군데군데 오줌 자국이 있었다. 속을 메슥거리게 하는 야릇한 냄새도 방 안에 가득했다. 이것만으로도 놈이 방 안에 갇혀 있는 게 분명했다. 이거야말로 독 안에 든 쥐였다.

놈은 또 똥오줌만 싸질러 놓은 게 아니라 책장 위로 기어 올라가 사진 액자와 작은 그림까지 바닥에 내팽개쳐 놓았다. 그 와중에도 탈출을 감행한 흔적들이 보였다. 책장을 타고 올라가 필사적으로 천장을 물어뜯은 자국이 여럿 있었던 것이다.

쥐의 행방을 찾다가 나는 이상한 점 하나를 발견했다. 곰팡이가 피지 않은 보송보송한 벽지만을 갉아 한쪽 구석에 물어다 놓은 것이다. 그뿐만이 아니었다. 문설주의 나무도 잘게 갉아 함께 모아 놓았는데 그 이유를 전혀 짐작조차 할 수 없었다. 그리고 문설주뿐만 아니라 문짝 아래 가로로 댄 나무도 갉아 놓았다. 아마도 구멍을 뚫어 밖으로 나오려고 한 것 같았다.

여러 정황을 종합해 보면 아직 쥐가 방 안에 갇혀 있는 건 확실했다. 나는 괜한 걱정을 했다 싶어 좀 더 기다려 보기로 했다.

이 막돼먹은 쥐가 방에 들어온 날부터 아무것도 손에 잡히지 않았다. 고작 쥐 한 마리에 안절부절못하는 내 자신이 좀 딱해 보이긴 했지만 어쩌할 것인가. 온통 신경이 방 안의 쥐 한 마리에 쏠려 있는 것을. 겨드랑이에 꼭 쥐한 마리가 들어와 사는 것 같았다. 이 쥐는 밥 먹을 때나 책을 보거나 잠자리에서도 끊임없이 내 머릿속을 굼실굼실 기어 다녔다. 나는 배고픈 쥐에게 갉아 먹히는 한 개의 가련한 작은 무 같았다.

그리고 삼 일째 되는 날 아침, 나는 일어나자마자 달려가 방문부터 열어젖혔다. 마침내 커다란 쥐 한 마리가 내 눈에 띄었다. 긴 꼬리가 쥐덫 밖으로 길게 뻗쳐 나와 있었다. 나는 순간 환호했고, 이젠 제법 느긋한 표정으로 포로가 된 쥐를 가만히 내려다보았다.

그런데 좀 이상했다. 놈은 내 방문 여는 소리를 듣고도 전혀 놀라기는커녕 오히려 태연하기만 했다. 전의 다른 쥐들과는 완전히 달랐다. 놈들은 발자국 소리만 나도 날카로운 발톱을 세워 찍찍 쇠창살을 긁었다. 앞과 뒤, 옆, 위를 가리지 않고 미친 듯 할퀴었다. 그런데 놈은 이상하리만치 조용했다. 나는 유심히 쥐를 살펴보았다.

그리고 깜짝 놀랐다. 쥐가 마악 새끼를 낳고 있었던 것이다. 하지만 엄지손가락보다 작은 쥐는 이미 죽은 채였다. 눈과 귀가 아직 생기지 않은 하얀 아기 쥐. 조산이었다. 그제야 나는 왜 쥐가 나무 부스러기와 벽지를 한쪽 구석에 모아 두었는지 알게 되었다. 어미는 바로 새끼를 낳기 위해 둥지를 만들려고 했던 것이다. 처음엔 출구를 찾으려 했을 것이고, 그다음엔 사방이 꽉 막힌 걸 알고 마지막으로 새끼라도 낳기 위해. 그렇게 이틀 동안 아무것도 먹지 못하고 방 안에 갇혀 발만 동동 굴렀을 것이다. 그러다 너무 배가 고픈 나머지(배 속의 새끼도 걱정이 되었을 것이다), 결국 미끼의 유혹을 뿌리치지 못했을 것이다. 한 발 두 발 쥐덫 안으로 걸음을 옮겼을 것이다. 그러다 덜컥…….

그런데 새끼를 낳는 중에도 쥐는 너무도 평온하게 고구마를 갉아 먹고 있는 게 아닌가. 나는 이미 제 안중에도 없다는 듯. 그 모습이 너무나 평화롭게 보여 마치 쥐와 내가 서로 뒤바뀐 것처럼 느껴졌다. 얼마나 배가 고팠으면 눈앞에 죽음을 앞두고도 저렇듯 먹는 일에 열중할 수 있을까. 어미 쥐는 그렇게 쥐덫 안에 갇힌 뒤 자신의 목숨이 얼마 남지 않았다는 걸 알고 새끼만이라도 어떻게든 살리고 싶었으리라.

나는 어미 쥐가 고구마를 다 먹길 기다렸다가 허겁지겁 쥐덫을 들고 논두렁으로 달려갔다. 겨울 햇볕이 따스

하게 내리쬐고 있었다. 나는 새끼 쥐를 양지바른 쪽에 묻어 주었다. 그리고 다시는 잡히지 말고 좋은 데로 가라며 두려움에 떨고 있는 어미 쥐를 농수로에 가만 놓아주었다.

천변 풍경 4

전주천을 가로지르는 전라선.

― 냉동 탑차와 뚱딴지

　길가에 가끔 냉동 탑차가 서 있곤 했다. 노인이 자주 낚시하던 곳에서 조금 떨어진 곳에 갈대밭이 있다. 그곳에 봄이 오면 온갖 풀뿌리를 캐내고 밭을 일구는 사람이 있었다. 콩을 심기도 하고 상추나 호박을 심기도 했다.

쉰쯤 되어 보이는 남자가 그렇게 냉동 탑차를 세워
둔 채, 땀 흘리며 괭이질하는 걸 나는 눈여겨보곤 했다.
그를 볼 때면 이상스레 가슴 한쪽이 서늘해지곤 했다. 얼
마나 땅을 갖고 싶은 사람이면 저럴까 싶고, 또 저 버려
둔 땅이 얼마나 아까웠으면 저러나 싶었다. 그는 냉동 탑
차를 운전하는 사람 같았다. 그리고 틈나는 대로 이곳에
와서 밭을 일구는 것 같았다. 나는 남자가 예사로 보이지
않았다. 그가 정성을 다하는 모습은 흡사 구도자의 그것
과 닮았다. 그에게선 소박하고 경건한 그 무엇이 풍겨 나
왔다.

어느 날은 그의 아내로 보이는 여자도 함께 일을 했
다. 냇물을 동이로 퍼다 뿌리고 풀도 뽑았다. 목에 수건을
걸치고 땀 흘리며 일하는 부부의 모습은 신선하기까지
했다. 물론 시 관할에 있는 천변을 그렇게 마구 파헤치는
것은 법으로 금지되어 있을 터다. 하지만 그 부부가 일구
는 밭은 그다지 문제 되지 않을 성싶었다. 고작 손바닥만
한 밭에 불과한 데다 주변을 크게 훼손시키지 않아서였
다. 약도 치지 않고 오직 제 육신의 힘만으로 밭을 일구었
다.

천변엔 그 말고도 사람들이 군데군데 흙을 파고 호박

을 심어 먹기도 한다. 그냥 놓아 기르는 그 호박을 천변 사람들은 제 먹을 만큼만 따 갔다. 감시하거나 따 가지 못하게 말리는 사람도 없었다. 처음부터 이웃들과 나눠 먹기 위해 맘 놓고 심었던 것이니까. 그래도 사람들은 호박 심은 사람의 수고를 생각해서인지 함부로 손대지 않았다. 호박잎 하나 따는 것도 조심스러워했다.

난 그 남자가 일구는 밭이 궁금해서 그 옆을 지날 때면 어김없이 그쪽을 한번 휘익 둘러보았다. 어느 날은 밭에 성벽처럼 높이 솟은 갈대를 보고 깜짝 놀랐다. 갈대가 밭을 먹어 들어간 게 틀림없다고 생각했다. 그건 부부의 노력이 헛수고가 되었다는 뜻이기도 했다. 아니면 그 갈대 성벽 너머 금지옥엽 같은 밭이 감쪽같이 숨어 있는지도 모를 일이었다. 나는 그렇게 생각했다. 그게 아니라면 그 가난한 부부가 얼마나 낙망할까. 가장 먼저 그 생각부터 들었다.

하지만 그걸 확인할 방법이 없었다. 직접 그 갈대 무사들을 무찌르고 들어가 보면 알 수 있겠지만 내겐 그럴 만한 용기가 없었다. 모두 훌쩍 키가 큰 데다 무시무시한 칼자루를 쥐고 있었기 때문이다. 그렇게 갈대 장벽 앞에서 나는 번번이 무너졌다. 그리고 한동안 그 냉동 탑차가 보이지 않았다.

둑길 너머엔 세종자동차운전학원이 있다. 운전 연습용 노란 차가 벚나무 사이를 달린다. 봄에 둑길은 벚꽃이 피어 눈송이인지 꽃잎인지 가늠 안 될 만큼 눈부시다. 이 좁은 사잇길을 노란 차가 달릴 때 아찔한 생각이 든다. 길가에 낚시하러 온 차들이 군데군데 서 있다.

지난겨울 나는 이 비탈에서 뚱딴지를 캐는 할머니를 보았다. 돼지감자라고도 하는 뚱딴지는 당뇨에 특효다. 나는 그때 그걸 처음 알았다. 그날 나는 할머니가 준 뚱딴지 몇 알을 가져와 어머니와 함께 날로 먹었다. 아삭아삭 씹히는 맛이 시원하고 좋았다. 어릴 적엔 너무 흔해 거들떠보지도 않았는데 말이다.

뚱딴지 잎은 두텁다. 이 식물의 덕이 잎에 깃든 것만 같다. 나는 가만 손바닥으로 한번 쓰다듬어 준다. 수줍은 듯 움츠러드는 느낌이다. 아직 때 묻지 않은 시골 아이의 순수함이 묻어난다. 밤낮 길 위의 자동차 소음과 먼지에 진저리 칠 법도 한데 말이다.

나는 드넓게 펼쳐진 보를 바라본다. 건너편 물가에 왜가리와 쇠백로 몇 마리가 눈에 띈다. 몇 해 전 가을인가,

해 질 무렵의 왜가리 떼를 본 적이 있다. 모두 붉은 노을을 향해 경배하듯 서 있었는데, 처음 보는 그 광경에 소름 끼치는 듯한 전율을 느꼈다. 대충 세어 봐도 족히 오륙십 마리는 되어 보였다. 그건 정말 보기 드문 장관이었다. 보 위쪽엔 이제 텃새가 되어 여름에도 흔히 볼 수 있는 흰뺨검둥오리도 보인다. 전보다 그 수가 많이 줄었다. 여기저기 전염병처럼 번지고 있는 다리 공사 때문일지도 모르겠다.

— 새를 찍는 사람

겨울에 나는 이곳에서 한 아마추어 사진작가를 만났다. 내가 그를 만난 건 행운이었다. 나는 그에게서 그동안 궁금했던 새의 이름과 생태를 좀 더 자세히 알 수 있었다. 그날 그는 사진을 찍으면서 겪었던 재밌는 이야기들을 내게 들려주었다. 내가 하는 질문도 싫은 기색 한번 없이 참을성 있게 답해 주었다. 어쩌면 그날 난 자신의 일을 방해하는 방해꾼에 불과했는데도 말이다.

그는 한벽루에서 원앙을 본 뒤 막 이쪽으로 왔다고

했다. 한벽루에 원앙이 있다는 누군가의 첩보(?)를 듣고 부리나케 그쪽으로 달려간 것이다. 그가 삼각대를 세우고 카메라를 설치하는 품이 아주 능숙해 보였다. 아니나 다를까 그의 말을 들어 보니, 사진을 찍은 지 벌써 십여 년쯤 된다고 한다. 그의 나이는 어림잡아 예순가웃 되어 보인다. 그러니까 좀 늦은 나이에 사진을 시작했다고 볼 수 있다. 하지만 난 새의 작은 움직임 하나 놓치지 않으려는 그의 고집스런 집중이 부러울 따름이었다.

아직 눈이 녹지 않은 데다 물가의 얼음도 그대로고 바람도 제법 사납다. 하지만 새들은 이쪽 일은 관심도 없다는 듯 저이들끼리 자유롭다. 둥둥 떠 있기도 하고 물속으로 자맥질하기도 한다. 애정 행각을 벌이는지 서로 물고 쫓기도 한다. 어떤 놈들은 수가 틀려 사생결단 싸움을 하고 꽥꽥 달아난다. 이번엔 그놈을 또 죽어라 뒤쫓기도 한다. 퍼드덕 날아오르는 놈이 있는가 하면, 철퍼덕 이제 막 내려앉는 놈이 있고, 물가를 매급시 빼갈빼갈 돌아다니는 놈도 있다.

나와 이야기하는 사이에도 그는 카메라에서 잠시도 눈을 떼지 않는다. 쉼 없이 사라락사라락 셔터를 눌

러댄다. 카메라에 비친 철새들은 제각각 다양한 빛깔을 자랑한다. 저 눈부신 빛들은 대체 어디로부터 왔을까. 그 오묘한 빛깔에 새삼 감탄한다.

그는 새들의 여러 특징에 대해 해박하다. 눈에 가장 많이 띄는 게 흰뺨검둥오리이고, 머리가 붉고 흰 줄이 있는 게 홍머리오리, 흰 부리에 검은색을 띤 게 물닭, 검은색 머리에 배가 희고 댕기가 치렁 달린 게 댕기흰죽지, 머리가 갈색이고 몸이 회색인 게 흰죽지 그리고 머리가 녹색에다 가슴이 흰색이고 뒷날개가 갈색인 건 넓적부리다. 넓적부리는 말 그대로 부리가 넓적하다. 이놈들은 때로 꼬리에 꼬리를 물고 강강술래를 돈다.

야전잠바를 입은 그는 새를 쫓아다니는 사람답게 강한 인상에 골격도 크다. 목소리도 대처럼 단단하고 깊다. 내가 바짝 달라붙어 관심을 보이자 처음에 보였던 경계심은 금방 허물어졌다. 그는 묻지도 않은 다른 새들에 대해서도 알려 주었다.

쇠물닭은 벼슬이 붉은데, 이름에 쇠자가 붙으면 몸집이 작다. 물론 쇠백로도 그러하다. 우리가 흔히 볼 수 있는 게 중대백로이고 논병아리는 물고기를 잘 잡아 저승사자로도 불린다. 비오리는 부리가 흰 게 특징이고,

호사비오리는 천연기념물이다. 파랑새는 까치 둥지에 알을 낳는데, 독사도 황조롱이도 까치를 당하지 못한다. 하지만 그런 까치도 파랑새를 이기지 못한다. 나는 처음 들어 보는 재미난 이야기에 연신 눈이 휘둥그레졌다.

사람들이 많이 아는 도요새는 호주에서 쉬지 않고 곧장 날아오는 데 7박 8일쯤 걸린다. 오는 도중 태평양에 빠져 죽기도 한다. 혹은 새만금 갯벌이 있는 옥구 염전에 와서 죽기도 한다. 하얗게 배를 뒤집는 군무는 외려 되새 떼보다 아름답다. 만경강에는 큰고니도 있고 물수리도 있다. 전주천은 바로 만경강으로 이어진다. 그의 말은 마치 조류도감을 외듯 막힘이 없다.

자네, 왜가리가 숭어를 어떻게 잡는지 알어?

글쎄요.

어떻게 왜가리가 뾰족하고 작은 부리로 큰 숭어를 잡는지, 나는 얼른 생각이 나지 않았다. 저녁 무렵 보 위로 뛰어오르는 물고기를 옆살로(옆으로) 낚아채는 건 봤지만 큰 고기 잡는 건 한 번도 보지 못했다. 나는 일찌감치 두 손 들었다.

도무지 모르겠는데요. 근데 정말 잡긴 잡나요?

나는 반신반의하며 되묻기까지 했다.

허허, 젊은 사람이 싱겁기는. 내가 없는 말이라도 한단 말인가.

그게 아니라, 전⋯⋯.

나는 그가 괜히 하는 말인 줄 알면서도 왠지 몸 둘 바를 몰랐다.

막창을 낸다 말이시.

그가 더는 뜸 들일 것도 없다는 듯 대뜸 말했다. 나는 그 말을 듣고 어리둥절했다. 다짜고짜 막창이라니. 구수한 돼지 막창 구이도 아니고. 무엇으로 막창을, 설마⋯⋯.

뾰족한 부리로 단박에 숭어 옆구리를 콱 쑤신다, 이 말이시.

나는 그 말이 믿기지 않아 그의 얼굴을 빤히 올려다봤다.

나도 그렇게 물고기 잡는 건 처음 봤네. 우연히 사진을 정리하다 발견한 거라구.

아, 그래요. 정말 놀라운데요. 어떻게 그런 생각을⋯⋯.

사람이 포크로 고기를 찍어 먹듯 왜가리는 부리로 물고기를 찍어 잡는다. 생각할수록 신기하고 흥미롭다. 바로 저 보 아래 숭어가 산다. 예전에는 전주천에도 소금과 젓갈을 실은 황포 돛단배가 다녔다고 한다.

그는 또 황새에 대한 재미있는 이야기도 들려주었다. 천연기념물로 지정되어 있는 황새는 현재 우리나라에 열 마리 정도 남아 있다고 한다.

혹시 자네, 전주천에서 황새 본 적 있는가?

예? 천연기념물 황새를요?

나는 놀라기부터 했다. 천연기념물인 황새가 전주천에도 사나 싶어서였다. 그는 나의 반응을 예상했다는 듯 잠시 웃었다.

그러코롬만 된다면 얼마나 좋겠는가. 전주천에 사는 황새는 우리나라 게 아냐. 전주동물원에서 방사한 건데, 혹 자네도 본 적이 있을지 모르겠네.

나는 고개를 갸우뚱했다. 그리고 퍼뜩 그 말이 생각났다. 뱁새가 황새 따라가다가 가랑이 찢어진다는 말. 그 긴 다리 황새를 티브이나 동물원에서 말고 본 적이 있던가.

글쎄, 본 것도 같고 아닌 것도 같구요.

나는 어정쩡하게 대답했다.

아마 보긴 봤을걸. 전선줄에 앉아 있는 걸 말이야. 부리와 다리 모두 붉은빛을 띠고 있거든.

그러고 보니 정말 본 듯도 싶다. 전에 눈여겨보지 않아서 그렇지, 전주천을 가로지른 전선줄에 우두망찰 앉아 있던 황새를.

방금 우리나라 황새가 아니라고 했는데, 그럼 동물원에서 방사한 황새는 어떤 종류인가요?

유럽 종이지. 내가 듣기론 한 쌍을 방사했다고 하던데, 글쎄 한 마리만 보이거든. 날개를 펼치면 꼭 피아노 건반처럼 생겼어.

그에게 새에 관한 이야기를 더 많이 듣고 싶었지만, 시간도 오래된 데다 그의 작업을 더는 방해하고 싶지 않아 그쯤에서 자리를 떴다. 하늘에서는 황조롱이 한 마리가 공중의 우물처럼 파르르 떠 있었다.

그 뒤로 나는 전주천에서 그를 다시 만나지 못했다. 인생의 중·후반기에 갑자기 카메라를 들고 새를 찾아 떠돌던 사내. 겨울 강보다 깊게 흔들리던 그의 서늘한 눈빛이 새삼 그립다.

— 반가운 오도개

팔복동 집에서, 빨간 내복을 입은 할머니.

　작은 다리 하나를 건넌다. 겨울이면 이 다리 아래 시멘트 벽이나 돌에 빨간 우렁이 알이 쫑알쫑알 붙어 있다. 처음엔 오돌토돌 달라붙어 있는 게 징그러웠는데 그게 우렁이 알이란 걸 알고부터는 생각이 바뀌었다. 저 작은 알에서 우렁이가 나오다니, 참 신기하고 경이롭다. 겨울을 견뎌 마침내 동글납작한 우렁이가 되다니.

길가 비탈에 뽕나무 몇 그루가 보인다. 예전엔 흔하던 풍경이 어느새 보기 힘든 풍경이 되었다. 그리고 처음 대하듯 낯설게만 느껴진다. 뽕나무가 이곳 비탈엔 많지 않지만 간혹 눈에 띈다. 어릴 적 고향에도 뽕나무는 윤기 나는 잎을 뽐내며 마을 여기저기 푸른 숲을 이루었다.

어머니도 뽕잎 따러 다닌 적 있으세요?

나는 그 시절을 떠올리며 물었다.

난 안 따 봤는디. 우리 집은 누에도 안 치고 그리서. 내가 소금바우로 시집온 뒤로 외갓집에서 누에를 쳤어.

그먼 우리 집에서 누가 따 봤어요?

할매가 품삯을 받고 따러 다녔지.

난 어머니에게서 뽕잎 따던 이야기며 누에 치던 이야기를 듣고 싶었는데, 초동에 막히자 적이 실망했다.

큰외숙한티 물으면 자세허게 들을 수 있을 턴디. 나종이라도 물어보든가. 너그 외할매도 총기가 좋아서 쏙 뀌고 있을 판인디.

어머니는 급기야 돌아가신 외할머니까지 들먹인다.

난 어머니한티 듣고 싶은디. 그먼 할 수 업슨게로 어

머니가 보고 들은 거라도 좀 이야기해 줘요.

나는 아쉬운 대로 그렇게 말했다.

용문네가 소금바우서는 지일 많이 누에를 쳤어. 동리 사람덜이 모다 그 집 밭에 가서 뽕도 많이 따고.

나도 그 뽕나무밭 알아요. 한개바우 가는 골짜기 옆에 있었잖아요.

맞어. 긍게 누에가 넉잠 자고 올라가는디.

어디로 올라가요?

긍게 들어 봐. 누에가 넉잠을 자면 놀묘해져. 실이 몸에 꽉 차 갖고.

몸이 노래지는 걸 어머니는 놀묘해진다고 말한다.

긍게 머시냐. 넉잠을 자고 나면 이제 방 여그저그다 마른 솔가지를 꼿꼿이 세워 놔. 땔나무같이 마른 놈으루 다.

그런 다음에요.

잠바에서 누에를 골라 갖고 솔가지에다 옮겨 놔. 그러고 일주일쯤 지나면 누에가 집을 지어 놓지.

고치 말이죠?

그려. 꼬치. 솔가지에 디링디링 매달려 있어. 누에는 참 기술이 좋아. 입에서 실을 뽑아 갖고 어떠케나 집을 잘

고향 소금바우 살 때 동네 사람들과 나들이 간 어머니.
뒷줄 오른쪽에서 다섯 번째가 어머니.

짓는지. 고걸 그냥 손으로 따기만 하면 돼. 글고 손구락이
다치면 그 꼬치를 잘라 끼웠어. 골무맹키로.

　나는 그 기막힌 아이디어에 입이 딱 벌어졌다. 그 순
간 대일밴드가 생각났던 것이다.

　근디 잠바가 뭐예요?

　누에를 거그 우그다 올려 키우는 틀이여. 긍게 대로
엮은 틀인디 거그에다 모기장 같은 걸 치고 신문지를 깔
아.

　그럼 처음에 누에 알은 어디서 갖다 써요?

신청을 해서 쓰제. 반메 한메 반, 많이 치는 사람덜은
두메 세메도 하제. 알은 들깨만 허고 새끼는 까모꼬롬혀.
커 갈수록 보얘지제. 새끼 때는 뽕잎을 담뱃잎 썰드끼 쫑
쫑 썰어서 줘. 그리고 잘 때는 고개를 쳐들고 있는데 밥을
안 먹어. 한 사날 자던가. 깨어나면 막 입을 내둘러. 밥을
달라고 말이지. 다 크면 그때부터 뽕잎을 통째로 주고.

근데 어머니, 누에 알은 어디다 신청을 해요?

긍게 그게 동적골에 가서 허든가 그럴 턴디.

그럼, 그 많은 고치들은 어디에 가서 팔아요?

공판장에다 내제. 그 공판장이 동적골에 있었어.

아, 그랬네요.

촌이서 그리도 누에 치던 사람들허고 소 키우는 사람
들이나 목돈을 만졌제.

어머니는 말하는 중에도 연신 고개를 갸우뚱했다. 당
신의 기억이 영 못 미더워서 그러는 것 같았다.

나는 감히 오디를 딸 염도 못 내고 그냥 돌아서서 가
던 길을 계속 갔다. 그 뽕나무에 가려면 가시덤불과 갈대
밭을 통과해야 하는데, 그게 성가셨기 때문이다. 그리고
얼마 지나지 않아 수문의 축대 위에 다다랐다. 나는 거기

서 뜻밖의 뽕나무 한 그루를 발견했다. 순간 나는 환호작
약했다. 그리고 눈은 벌써 오디를 찾고 있었다. 어릴 적
고향에선 오디를 오도개라 불렀다. 거기 정말 까무스름
한 오디가 조랑조랑 매달려 있었다. 나는 정신없이 오디
를 따 마구 주워 삼켰다. 옛날에 먹던 맛 그대로였다. 신
기했다. 뽕잎 뒤쪽까지 샅샅이 뒤져 가며 나는 오디를 찾
아냈다. 사실 그동안 나는 이곳을 수없이 다녀갔지만 뽕
나무가 있는 걸 안 건 오늘이 처음이다.

어릴 적 나는 어머니가 말한 그 용문 양반 뽕나무밭
에서 동무들과 함께 오디를 따 먹었다. 처음엔 포로롬하
던 것이 까맣게 익으면 달포름하게 맛있었다. 오디 특유
의 맛이 감질나게 우리를 매번 유혹했다. 우리들은 주전
자를 들고 뽕나무밭으로 몰래 숨어들어 입술이 새까맣도
록 따 먹었다. 코흘리개였던 우리들은 오디만 따는 게 아
니라 가지째 꺾기 일쑤여서 주인에겐 늘 감시의 대상이
되었다. 주인이 오는 줄도 모르고 허겁지겁 오디를 따 먹
다 붙들려 되게 혼난 적도 있다.

그 시절 시골엔 군것질할 만한 게 별로 없었다. 그러
니 오디야말로 최고의 군것질감이었다. 우리들은 서로
까매진 얼굴을 보며 키득거렸고, 그러다 옆에 지나가는

뱀에 놀라 줄행랑을 치기도 했다. 그늘이 있고 음습한 뽕나무밭에는 유독 뱀이 많았다. 뽕나무 가지에 푸르스름한 뱀이 노끈처럼 주렁주렁 매달려 있었다.

우리들은 매번 주전자에 따 담은 오디를 들고 밭 위의 골짜기로 갔다. 거기서 누구의 간섭도 받지 않고 우리들만의 시간을 보냈다. 그곳은 수풀이 우거져 있어서 누구도 쉽게 찾기 어려운 곳이었다. 거기야말로 우리들이 놀기엔 딱 안성맞춤이었다.

우리들은 거기서 손에 검자줏빛 물이 들도록 오디를 먹기도 하고, 돌을 들춰 가재를 잡거나 산딸기, 깨금(개암), 머루 같은 걸 따서 먹기도 했다. 손으로 물창을 튕겨 물잠자리를 잡았는가 하면 배때기가 뻘건 무당개구리를 잡기도 했다. 무당개구리는 몸에서 나는 지독한 냄새 때문에 우리는 서로 잡는 걸 꺼려 했다. 물속에 사는 거무튀튀한 독개구리도 마찬가지였다.

우리들은 시간 가는 줄도 모르고 손과 발이 쪼글쪼글해지도록 물에서 놀았다. 저녁밥 때쯤 돼서야 우리들은 서둘러 빈 주전자를 들고 털레털레 골짜기를 내려왔다. 배에선 어느새 꼬르륵 소리가 먼 골짜기 새하얀 물소리처럼 연방 들려왔다.

나는 뽕나무가 있는 근처를 둘러보다 우연히 수문에 적혀 있는 공사명과 완공일을 보았다. 그리고 거기서 낯익은 이름 하나를 발견했다. 작고한 소설가 이문구 선생의 이름을 본 것이다. 그러니까 전주농지개량 조합장 이름이 이문구였다. 물론 동명이인이지만 말이다. 내 입가엔 빙그레 웃음이 번졌다. 그 반가운 이름에 불쑥 담배라도 한 대 권하고 싶은 마음이 들었다. 한때 나는 그의 소설을 탐독한 적이 있다. 자세히 보니 완공일이 1975년 12월 30일이다. 저 낡은 수문이 그렇게 긴 세월을 견디고 있는 것이다.

축대 위의 난간은 이미 녹슬 대로 녹슬어 있었다. 건들면 금방이라도 삭아 내릴 듯 아찔하다. 내가 뽕나무에게로 다시 눈길을 돌리는데 거기 왕거미 한 마리가 거미줄 한가운데 매달려 있다. 그리고 무언가를 노려보고 있다. 그러나 저건 앗, 작은 벌 아닌가.

"호박을 천변 사람들은 제 먹을 만큼만 따 갔다.
감시하거나 따 가지 못하게 말리는 사람도 없었다.
처음부터 이웃들과 나눠 먹기 위해 맘 놓고 심었던
것이니까."

나물 캐러 간 사람들이 골짝의 바위에 모여 말라붙은 보리밥 덩이를 서로 도란도란 나눠 먹는 모습이 눈에 선하다. 새소리와 물소리와 짐승들의 바스락거리는 소리가 배고픈 입안으로 먼저 뛰어들었겠다. 그 소리들에선 삽삽한 산나물 냄새가 진하게 풍겨 나왔으리라. 그러다 시어미 흉도 보고 서방 흉도 보다가 또 없는 집안 살림에 한숨도 지었겠다.

4부

나의 시도 어질고 눈 밝은 산나물 같기를

팔복동 배불뚝이 담벼락 집

배불뚝이 담벼락이 있는 팔복동 집 옆. 무청 삶는 어머니.

아직 산나물을 먹기엔 이른 봄, 어머니는 어디서 캐
왔는지 봄나물을 펼쳐 놓고 다듬고 있었다. 흔한 나숭개
와 돈너물과 메나리다. 나숭개는 냉이, 돈너물은 돌나물
이고 메나리는 미나리다.

나는 그것들을 어디서 캐 오는지 잘 안다. 며칠 전 어
머니와 나는 천변에 나물을 캐러 갔다가 그냥 돌아온 적

이 있다. 나물이라고 해야 아직 병아리 부리만큼 나온 쑥이 전부였기 때문이다. 쑥이라도 캐자고 했으나 어머니는 별로 내키지 않는 눈치였다. 다른 아줌마들과 노인들은 그 어린 쑥을 다복다복 캐고 있었다.

어머니는 쑥 대신 야생 갓에 욕심을 내고 그것을 캐기 시작했다. 그날 저녁 나는 쌉싸름한 갓나물에 밥을 맛있게 먹었다. 갓김치는 먹어 봤지만 갓나물무침은 처음 먹어 보았다. 어머니도 갓나물 이야기를 동네 아주머니한테서 듣고 처음 무쳐 본 것이다. 갓 특유의 쓴맛이 아주 강했지만 그게 도리어 입맛을 돋우어 주었다.

그 일이 있은 뒤 어머니는 천변에 다시 가지 않았다. 그런데 이튿날부터 어머니가 한 보자기씩 나물을 캐 오는 게 아닌가. 나는 놀랐고 또 그 나물을 캐 오는 장소가 궁금했다. 시골이었다면 별문제였겠지만 말이다.

그날부터 나는 하루 세끼를 봄나물로 밥을 먹었다. 제일 많이 밥상에 올라오는 건 흔한 나숭개. 나숭개는 주로 무치거나 국을 끓인다. 이것만으로도 나의 밥상은 감사하고 족하다. 그리고 나는 냉이란 말보다 나숭개란 말을 더 좋아한다.

돈너물에 밥을 비벼 먹는 것도 좋고(꽁보리밥이면 더

좋겠지만), 메나리무침의 독특한 비린 맛도 좋다. 돈너물의 양이 적어서 무채를 함께 버무렸을까. 아삭거리는 무의 시원함이 더해서 또 좋다. 요즘은 농약을 많이 해서 시골에도 돈너물이 예전 같지 않다고.

이름도 모르고 먹던 그 숱한 봄나물들의 가지가지 맛을 내 혀는 아직 기억하고 있을까. 물론 아직 또렷하게 기억하고 있으리라. 나는 굳게 믿는다.

나는 어머니가 나물 캐 오는 장소가 궁금한 나머지 언제 물어보나 기회만 엿보고 있었다. 그러다 어제저녁, 오랜만에 어머니 말동무도 해 줄 겸 어머니 옆에 바짝 다가앉아 물었다. 사실 전에도 어머니가 몇 번 나에게 말해 준 적이 있지만 건성으로 흘려들은 것이다.

어머니가 나물을 캐 오는 곳은 사실 너무 빤했다. 그곳은 우리가 예전에 세 들어 살던 집 뒤 밭두덩이었기 때문이다.

아버지의 파산(뜻하지 않은 사고로)으로 우리 집은 팔복동 셋방으로 이사를 했다. 이사한 집은 바로 배불뚝이 담벼락 집이었다. 그때가 내가 중학교 일 학년 때이니까 열세 살 무렵일 것이다. 한창 감수성이 예민한 사춘기 시절, 그때부터 나는 말수가 적은 내성적인 소년이 되었다.

그 주인집 형은 방직 공장에 다니다 사고로 죽었다. 메리야스 공장이었을 것이다. 정식 결혼은 안 했지만 사귀는 여자가 있었고 낳은 지 얼마 안 된 갓난아기가 있었다.

벽돌담이 곧 쓰러질 듯 기우뚱 서 있던 그 집. 담장 아래로 시궁창이 흐르고, 가끔 구정물에 섞인 밥알 찌끼를 먹기 위해 시궁쥐가 어슬렁거리곤 했다. 나는 이런 가난한 동네에 어떻게 저런 큰 쥐가 있나, 의아하기도 하고 심술이 나서 보는 족족 돌멩이를 던졌다. 그때마다 그 커다란 쥐는 용케 피해 달아났다.

그 주인집 뒤로 작은 길이 있고, 조금 더 가면 두 갈래 길이 나온다. 거기서 오른쪽 샛길로 가면 삼룡이네 집 탱자나무 울타리가 나오고 조금 더 가면 보육원이 있다. 그러니까 삼룡이네 집 앞에서 왼쪽으로 가면 벽돌 공장이 나오고 그 옆에 조 목수네 집이 있다. 그 사이에 좁다란 밭이 펼쳐져 있는데 바로 그곳에서 봄나물을 캐 오는 것이다.

지금은 없어진 철길 건너 그 집을 나는 오랫동안 찾지 않았다. 아니 찾을 수 없었다. 상처 많은 그 집, 잊을 수 있다면 잊고만 싶었던 그 집. 하지만 어머니 이야기를 들은 다음 날 저녁, 나는 혼자 더듬더듬 그 집을 찾아 나섰다.

나는 금세 익숙한 좁은 골목을 지나 큰길로 바뀐 옛 철길을 건넜다. 불과 몇 분 거리의 이 길을 나는 오랫동안 외면하고 살았다. 그렇게 철저히 외면하며 탕자처럼 살고 싶었다. 하지만 그런 마음도 잠시, 나는 어린아이처럼 호기심이 동했다. 얼마나 변했을까.

나는 얼마 걷지 않아 동네 입구로 들어섰다. 제일 먼저 확인하고 싶은 게 있었다. 골목 입구에 제비 집처럼 붙어 있던 작은 점방이다. 코흘리개 동네 아이들이 뽑기를 하고 딱지나 구슬을 사던 곳. 나는 라면(당시 제일 많이 팔린 삼양라면)을 사서 그대로 부수어 먹는 걸 좋아했다. 그때는 그게 유행이었다. 생라면 위에 짭조름한 수프를 뿌려 와삭와삭 깨물어 먹었다. 어떤 아이들은 아예 라면 봉지 안에 그것들을 함께 넣고 주먹으로 깨뜨려 집어 먹곤 했다. 그런 아이들은 제가 무슨 대단한 걸 발견이라도 한 것처럼 으스대며 수프가 낀 까만 이를 드러내고 웃었다. 그 점방도 이젠 사라지고 없다.

나는 작은 골목길을 예전처럼 걸었다. 길옆엔 탱자나무 울타리가 뾰족뾰족 잎을 내밀고 있고, 오른쪽엔 또랑에서 흘러든 물이 습지를 이루고 있다. 그 악취 나는 수초 속에 버드나무가 여전히 가지를 늘어뜨리고 있다. 그 버드나무 사이를 봄이면 젊은 넝마주이가 쇠 집게를 들고 돌아다녔다. 대 껍질로 짠 커다란 넝마를 어깨에 짊어지고 빈 병이나 폐비닐 같은 것을 닥치는 대로 주웠다. 덥수룩하게 자란 머리와 퀭한 눈빛이 지금도 뇌리에 깊이 박혀 있다. 맞은편 쪽 울타리가엔 빼빼 마른 닥나무도 드문드문 서 있었다.

가을이면 어머니는 죽은 버드나무와 닥나무에서 버섯을 따다 청국장이나 된장찌개를 끓였다. 버섯이 입안에서 살짝 미끄러지며 쫄깃하게 씹히는 맛이 나는 좋았다.

탱자나무 울타리 너머 은행나무숲엔 오래된 우물이 하나 있었다. 지금은 커다란 조립식 건물이 들어서 있고 맞은편엔 과수원 집이 그대로 있다. 대문만 은빛 성문처럼 우람한 게 기이한 풍경처럼 느껴졌다. 그 집엔 큰아들 부부가 아직 살고 있다고 한다. 어머니는 그 집 과수원에서 해가 지도록 일을 하곤 했다.

그 과수원 집 못 미처 왼편에도 집 한 채가 있었는데 그 집은 이미 허물어지고 없다. 대신 커다란 공장 건물이 들어서 있다. 과수원 집을 끼고 돌면 왼편으로 널찍한 밭이 있다. 신기하게도 그 밭만은 예전 그대로 남아 있다. 한쪽 귀퉁이엔 드문드문 새로 지은 건물들도 보인다.

은숙이네가 이 밭을 세내어 호박 농사를 짓곤 했다. 어머니는 그곳 비닐하우스에서 길쭉한 호박을 따거나 토마토나 오이를 땄다. 어느 겨울엔 꿩 한 마리가 비닐하우스 안으로 들어왔다. 경망스러운 참새들은 제집처럼 수시로 들락거렸다. 그 참새들의 활기찬 비행이 나는 무엇보다 즐거웠다.

　　은숙이네도 지금은 송천동으로 이사를 갔다. 키가 작고 얼굴이 오목조목했던 코흘리개 은숙이는 시집을 가 시내에서 산다. 그 은숙이네 아버지는 월남전에 참전했다가 고엽제 후유증으로 고생을 했는데, 오랜 싸움 끝에 정부로부터 피해 보상을 받았다. 갑자기 생겨난 적지 않은 돈(은숙이네 형편엔 그랬다)으로 거의 매일 술을 마시다시피 했다. 그러다 결국 알코올 중독으로 세상을 등졌다.

　　밭엔 쇠똥으로 보이는 두엄이 듬성듬성 쌓여 있다. 또 누군가는 저 밭을 뒤집어 무언가를 심을 것이다. 저 쇠똥 밑에 봄이 들끓고 있다. 나는 은숙이네가 살던 집 쪽을 보았다. 그사이 몇 채의 집이 더 늘어 은숙이네 집은 아예 보이지 않는다. 은숙이네 집도 아마 헐렸으리라. 가건물처럼 세워진 허술하기 짝이 없는 슬레이트집. 우리는 그 집에서 은숙이네 엄마가 땀 흘리며 말아 준 콩국수를 호

체육복을 입은 중학생 시절의 내 모습.
쥐가 많았던 팔복동 그 방.

록호록 맛있게 먹었다.

어느 날은 은숙이네 엄마가 연탄집게로 족제비 새끼들을 들고나왔다. 오래된 돼지막 안에서였다. 이상한 쇳소리를 내며 고물거리던 새끼들 모습이 지금도 눈에 선하다. 한번은 서리가 내린 가을 아침, 은숙이네 밭머리로 오줌을 누러 나왔다가 족제비 한 마리와 눈이 마주쳤다. 아주 짧은 순간이었지만 나는 족제비와 어떤 신비한 교감을 나눴다. 영롱한 이슬방울처럼 빛나던 그 눈망울이 지금도 잊히지 않는다. 자연과 내가 하나가 되는 순간이었다.

주인집이 바로 길 끝에 보인다. 단층 슬라브집. 예전의 모습이 아니다. 배불뚝이 담장도 없다. 하지만 여전히 허름하고 옹색하다. 두꺼비집이 다닥다닥 붙어 있고 벽돌에 공구리를 한 담장이 예나 지금이나 좁은 마당을 가려 주고 있을 뿐이다.

저 집에 지금은 큰아들 내외가 살고, 또 남는 방은 세를 주고 있다고 한다. 주인아줌마는 동네 앞으로 나와 따로 산다. 술에 찌든 남편은 우리가 이사한 뒤 얼마 살지 못하고 죽었다.

나이에 비해 훨씬 늙어 버린 김 씨. 반백의 회색 머리가 고슴도치 털처럼 꼿꼿이 서 있던. 술과 기침을 늘 달고 다니던. 어릴 적 무슨 병을 몹시 앓았다고 했던가, 내가 은행나무숲에서 잡아다 준 비둘기를 약처럼 모닥불에 구워 먹던. 젊은 시절 사고로 머리를 다쳐 생각이 모자란다고도 했다. 그래서 사람들은 그를 반편이라고 부르기도 했다.

김 씨 어른이 할 수 있는 일이라곤 집 앞에 있는 손바닥만 한 텃밭을 일구는 일이 고작이었다. 그리고 기껏해야 남의 허드렛일이나 도우며 받는 몇 푼으로 술이나 사마시는 것이었다. 나는 대문 옆에 늘 서 있던 푸른 등나무를 찾아보았다. 집의 남루를 겨우 가려 주던 그 나무마저 이젠 베어지고 없다. 창살이 삐죽 솟은 초록색 대문은 연

노랑 담장으로 바뀌었다. 대문은 이제 오른쪽 길모퉁이에 있다. 나는 담장 안쪽을 기웃거렸다. 안에선 아무런 인기척이 없다. 나는 담장을 따라 걸었다. 금방이라도 주인 아줌마의 아이고, 하는 울음소리가 새어 나올 듯하다.

막내아들이 그렇게 어이없이 죽자 집엔 몇 날 며칠 울음이 끊이질 않았다. 술 마시고 고래고래 소리 지르는 날들이 많았다. 그것들을 고스란히 받아내던 낡은 슬레이트집. 아직도 울음이 자라는 그 집.

그리고 저녁 무렵이면 대문 앞에 낯선 옷차림의 남자 둘이 어슬렁거리곤 했다. 나중에 안 사실이지만 나의 셋째 형 때문이었다. 6·10 항쟁 때 서울에서 구속된 형과 관련해 우리 집을 감시(?)한 것이다. 그 뒤 나는 신문에 실린 구속자 명단에서 형의 이름을 발견하고 놀랐다. 형은 신문 판매원이었다. 그 후로도 오랫동안 어둠 속 번뜩이던 그 눈빛을 내 머리에서 지울 수 없었다. 해거름이면 나는 습관처럼 대문 주위를 살피곤 했다.

나는 담장을 따라 걷다가 새로 만든 대문 앞에 걸음을 멈추었다. 그 대문 안쪽 귀퉁이 집에서 우리 가족이 살았다. 그때까지도 불을 때는 아궁이가 있던 집. 어느 겨울 새벽, 나는 오줌이 마려워 나왔다가 옆집에서 쌀을 빌려

오는 어머니와 마주쳤다. 그때 몹시 가난했지만 그렇게까지 가난한 줄 미처 몰랐던 때의 일이다. 나는 새롭게 바뀐 문패를 한참 동안 바라보았다. 그러고 나서 천천히 발걸음을 옮겼다. 수챗구멍에 구정물 버리며 짓던 어머니의 한숨 소리가 금방이라도 들려올 것만 같다.

집 모퉁이를 돌자 나무 한 그루 보이지 않는다. 전엔 청단풍나무가 길가에 줄지어 서 있었다. 그리고 그 너머엔 꽤 큰 밭이 있었다. 하지만 이젠 비닐하우스 한 동만 덩그러니 남아 있다. 그 주위엔 쇠창살이 촘촘히 박힌 개집이 있다. 그 창살 틈으로 개들이 머리를 들이밀고 득달같이 짖는다.

나는 낯선 이방인이 되어 비닐하우스 안을 들여다본다. 사람들의 나지막한 말소리와 웃음소리가 들린다. 평상이 있고 난로 비슷한 게 보인다. 그 안에서 화투라도 치는 것일까. 그들은 돼지비계를 넣은 김치찌개를 가운데 놓고 술을 마시며 흥겨운 얘기를 나누는 것 같다. 그러니까 그들은 마을회관 대용으로 비닐하우스를 쓰고 있는 셈이었다.

조 목수가 비닐하우스를 지었다는 이야기를 전에 어머니로부터 들은 적이 있다. 나도 몇 번 그를 본 적이 있지만 그가 목수라는 것 이외에는 자세히 알지 못한다. 부인 없이 혼자 산다고 했던 것 같다. 부인은 죽고 아들 하나와 함께 산다던가. 그의 까무잡잡한 얼굴과 벽돌 공장 너머에 있던 무섭도록 고요한 그의 외딴집을 기억할 뿐이다.

나는 목덜미를 움찔움찔하며 이제는 사라진 청단풍나무 밑을 걷는다. 손이 자꾸 머리 위로 가는 걸 참는다. 여름날, 그 나무 밑을 지날 때면 털이 부얼부얼한 쐐기들이 우수수 머리 위로 떨어지곤 했다. 땅에는 밟힌 쐐기들의 푸른 녹즙이 흘렀다. 자벌레들이 곱사등을 만들며 기어가곤 했다.

나는 이제 벽돌 공장과 보육원 사이의 갈림길에 서있다. 벽돌 공장 앞의 빈 공터와 그 앞의 논도 공장으로 바뀌고 탱자나무 울타리가 있던 삼룡이네 집도 모두 다른 건물들이 들어서 있다. 소를 키우던 집도 조 목수가 산다는 집도 공장에 가려 보이지 않는다. 날마다 공장은 무섭게 들어서는데 이곳에 살던 사람들의 삶은 예나 지금이나 조금도 변한 것 같지 않다. 어머니는 바로 보육원 가는 길옆 묘목이 심겨 있는 좁다란 밭 둔덕에서 나숭개와 돈너물과 메나리를 캐 온 것이다.

취너물 뜯어 골짝 물에 설렁설렁

고향 집 근처에서 산나물 캐는 어머니.

어머니는 나물 이야기만 나오면 마치 나물 캐러 이
세상에 온 사람처럼 신이 난다. 스물한 살에 소금바우로
시집을 온 어머니. 봄이면 없는 살림에 산과 들로 나물을
캐러 다녔다. 물 만난 골에서 어둥굴로, 한개바우, 평풍바
우로 혹은 박주지에서 캐 온 산나물들의 이름을 줄줄 꿴
다.

꼬사리, 취, 곰취, 뚱굴취, 도라지, 더덕, 제번닢, 산원추리(제번닢과 같이 국을 끓이면 꼭 미역국 같다고), 채화, 삽주닢(상출의 다른 이름), 고비, 딱주(잔대. 뿌리를 약으로 쓴다.), 분대(수리취. 잎사귀가 쑥 잎같이 부옇고 개떡을 쪄 먹기도 한다.), 삿갓닢(우산나물), 노장구, 머우(머위), 외꽃(꾀꼬리버섯)너물…….

나승개(냉이), 돈너물, 머심둘레(민들레), 망초대(참기름 말고 들기름으로 무쳐야 덜 쓰다고), 구실둥이, 깐밥둥이, 강대쟁이, 도리깨너물, 멜라초(면래초), 쑥부쟁이, 달롱개(달래), 싸낭부리(씀바귀), 꼬치뱅이, 보리뱅이(박주가리) 등은 들판의 논두렁이나 밭가에서 주로 캐 온 것들이다.

어머니는 아직 나물 이름을 많이 기억하고 있지만 잊은 나물 이름이 더 많다. 아이가 어려운 수수께끼라도 맞히듯 나물 이름이 생각나면 좋아서 내게 큰 소리로 알려 준다.

산에 나물 캐러 갈 때는 어떻게 하고 가셨어요?
옛날에 쓰던 책보 있잖여? 거그 네 귀퉁이에다 끈을 매달어. 달어서 그걸 요러코롬 허리에 둘러매. 또 앞으다

가는 앞치매를 두르는디 요것도 양쪽에 끈을 달어서 이러케 허리에 감아 묶어.

아, 앞치마에다 나물을 따서 담으려구요?

항. 너물을 여그 앞으다 담아서 요러케 말아선 치매 끝을 허리춤에다 폭 찔러 넣어.

그럼 앞치마가 무거워 흘러내릴 텐데요.

암. 흘러내리구 말구. 그렇게 그걸 방지할라구 여그 양 끄트리다가 돌멩이 하나씩을 묶어서 아까 묶은 허리띠 안에 폭싹 집어넣제.

와, 나물 캐는 데도 과학이 필요하네요.

무신 과학…… 다들 그러케 헝게로 나도 따라서 허는 거지.

어머니는 어떻게 그런 걸 다 기억하고 있을까. 아니 잊으려 해도 잊을 수 없을 게다. 나물 캐는 일을 어디 하루 이틀 했어야지. 어머니는 몇십 년 전의 풍경을 눈앞에다 환히 불러 세우듯 생생하게 그려낸다.

어머니, 그럼 허리에다 묶은 보자기는 언제 쓰세요?

앞치매에 너물을 다 못 담을 거 아닌가. 긍게로 너물을 먼저 앞치매에 담았다가 나중에 허리에 묶은 보자기를 풀어 거그에 담는다 이 말여. 인제 알겄냐.

예. 조금요. 그럼 그 보자기는 계속 허리에 동여매고 다니세요?

그게 아녀. 긍게, 그리갖고 너물을 싼 보자길 눈에 잘 띄는 소나무 밑으다가 놓아. 그 담에 너물을 뜯어다 갖다 놓고, 갖다 놓고 하제. 그걸 나종에 머리에 이고 와. 딴 이들 중엔 자루를 들고 가는 사람도 있긴 있었어.

근데, 아직 캄캄한 새벽에 나물 캐러 산에 가면 밥은 어떻게 드세요.

집에서 꽁보리밥허고 된장 쪼께 싸 가지고 가제.

반찬은 따로 안 가지고 가세요?

반찬이 다 머여. 산에 널려 있는 게 다 반찬 아녀. 취너물 뜯어다 골짝 물에 설렁설렁 씻어서 갖고간 된장허고 보리밥을 쌈 싸 먹으면 그러케 달 수가 업서. 요새는 시상이 변해 갖고 촌에서도 일허다가 끄떡허면 짜장면인가 뭔가 시켜 먹는다덩만.

어머니는 산에서 먹던 밥 이야기가 나오자 꼭 그때맹기로 입을 오물오물거린다. 나물 캐러 간 사람들이 골짝의 바위에 모여 말라붙은 보리밥 덩이를 서로 도란도란 나눠 먹는 모습이 눈에 선하다. 새소리와 물소리와 짐승들의 바스락거리는 소리가 배고픈 입안으로 먼저 뛰어들었겠다. 그 소리들에선 삽삽한 산나물 냄새가 진하게 풍겨 나왔으리라. 그러다 시어미 흉도 보고 서방 흉도 보다가 또 없는 집안 살림에 한숨도 지었겠다. 그러다 누구누구네 잠자리 이야기도 은근슬쩍 끼워지면 앞치마에 잠시 웃음보따리도 터졌겠다. 그리고 남정네가 끼지 않은 캄캄한 산속은 얼마나 또 무서웠을까.

그렇게 산속을 다니다 혹시 무서운 산짐승은 만나지 않았어요?

긍게, 아마 여나무 살 때일 거여. 동네 사람들허고 어둥굴 있는 데로 나물을 캐러 갔는디, 글씨 집채만 한······. 그때도 곰은 못 봤제. 곰이 아니고 멧돼지를 봤제. 어찌나 큰지, 보자마자 몸이 오들오들 떨려서 혼났제. 고만 정신이 하나도 없어 죽는 줄 알았고만.

······.

나는 어머니 이야기에 몸이 찌릿찌릿 조바심이 났다. 하지만 다음 말을 듣고는 실망과 함께 긴장이 풀리고 말았다. 멧돼지가 바로 목매에 걸려 죽어 있었다고. 네 활개를 뻗고 자빠져 누워 있는 커다란 멧돼지. 눈앞에 금방, 두 눈은 희뜨고(치뜨고) 혓바닥은 빼물고 엄니를 날카롭게 치켜세운 멧돼지 한 마리가 떠올랐다.

아이고, 이눔의 멧돼지가 목매에 걸려 을매나 나무 밑을 뺑뺑 잡아 돌았던지 맷방석만 한 구뎅이가 다 생겼더라니까. ……하이고 어린 맴에 어찌나 무섭던지.

그럴수록 목의 올가미는 더욱 살을 파고들어 마침내 숨통을 끊어 놓았을 것이다. 그런 멧돼지를 보고 기가 차지도 않았는지 함께 간 동네 할매 한 분은 이렇게 말했다고 한다.

저걸 아까서 어떠케 혀. 칼 한 자루만 있어도 괴기 한 덤벵이 띠어 가겄고만.

그 할머니는 산에서 내려올 때까지 몹시 서운해했다고. 어머니는 무서워서 뒤도 안 돌아보고 내려왔는데, 나중에 동네에 와서 목매 논 사람을 수소문해 멧돼지가 잡힌 걸 알려 줬다고. 그래서 목매 논 사람이 나물 캐러 간 사람들에게 고기 쪼께씩 나눠 줬다던가…….

어머니는 산에서 멧돼지 말고 노루나 토끼, 날땀보(날담비), 고슴도치는 많이 봤다고. 꼬리를 처억 늘어뜨리고 다니던 붉은 여우도 봤다고. 더러 본 사람도 있지만 늑대는 보지 못했다고. 날땀보는 사람을 홀려서 깊은 산속으로 데려가 잡아먹는다고. 어려서부터 아버지나 할머니에게서 들은 날땀보 이야기는 들을 때마다 무서웠다. 갈갈갈갈 하며 우는 날땀보가 떼 지어 벼랑이나 비탈을 기어오르는 모습이 곧 눈에 잡힐 듯해 나는 진저리 치곤 했다.

어머니가 한번은 외할머니와 함께 비재 홍두깨 날망(산마루)으로 나물을 캐러 갔다가 하마터면 길을 잃을 뻔했단다. 그날따라 비는 오고 안개가 자욱해서 앞이 잘 보이지 않았는데, 외할머니는 새끼를 행여 잃어버린 줄 알고 옥님아, 옥님아, 어린것의 이름을 애타게 불렀다고. 외할머니는 어린 딸이 나물 캐 오는 걸 무척이나 좋아했단다. 하이고, 우리 이쁜 옥님이가 오늘도 나물 많이 캐 왔네. 외할머니 칭찬이 자자했다 한다.

어머니, 산에서 또 놀랐던 일은 없으세요.

긍게, 인자 옛날 일이 돼 놔서 모다 까막까막헌게 가만있자, 그러고 봉게 평풍바위 있는 디로 너물 캐러 병수오매랑 꺼리꺼리 갔는데…… 너물을 정신없이 캐다 봉게 고만 뿔뿔이 다 흩어져 버렸어. 그리서 막 날맹이로 올라가는디 웬 남정네가 날맹이서 떠억 나타나지 안컸냐. 을

매나 놀랬는지 옴짝달싹 않고 그대로 나뭇등걸 속에 숨어 있슨게로 그 남정네가 껄껄껄 웃으며 하는 말이……처나무떡(처남댁), 처나무떡, 나요, 나! 그리서 봉게 영란네 아부지 아니겄냐.

그가 봉술 양반인데 당시 시암골에 산지당을 지어 놓고 고모할머니와 함께 무당 일을 하고 있었다. 그러니까 영란 누나는 내겐 고모뻘 되는 셈인데, 어릴 적에 본 누나는 촌사람 같지 않게 피부가 하얬고 복사꽃같이 예뻤다. 단지 무당 딸이라는 게 어린 내 눈엔 무섭도록 싫었고 왠지 슬퍼 보였다.

그 봉술 양반이 산도깨비같이 불쑥 나타났으니 어머니가 놀란 것도 무리는 아니다. 그렇게 캐 온 산나물은 다릿골 사는 홍렬이 양반이 저울을 가지고 와서 사 갔다고. 어머니는 그 봉술 양반 이야길 하다 금방 생각났는지 덤으로 한 가지 이야기를 덧붙였다.

여름에 아버지가 장자골로 소풀(이걸 초라고도 한다)을 베러 갔는데 어머니더러 밥을 해서 그곳까지 가져오란다.

어머니가 팥죽 같은 땀을 흘려 가며 밥을 해서 웃들지나 장자골로 갔는데, 맙소사! 벼랑 위의 물 흐르는 골짝을 건너야 아버지에게 갈 수 있단다.

어머니는 궁리 끝에 밥 바구리(바구니)를 땅에 내려 놓고 하나씩 나르기로 마음먹었다. 신짝부터 먼저 벗어 놓고 맨발로 엉금엉금 뚜껑 하나, 그릇 하나, 숟가락 하나, 이렇게 다 옮겼단다. 자칫 미끄러지면 절벽 아래로 떨어질 판이었다. 얼마나 무섭고 겁에 질렸으면 그런 꾀를 다 냈을까.

그날 저녁 어머니는 낮에 있었던 일을 할아버지에게 고하게 되었는데, 그 이야기를 들은 할아버지가 밥상 앞에서 아버지를 호되게 야단치셨다는 걸 아버지도 안 계신 지금 내게 다 일러바치신다.

어머니는 아직도 허리 한번 펴지 않고 나물을 다듬는다. 나물을 캐는 일보다 다듬는 일이 더 심(힘)이 든다고 말하는 소리가 어머니의 까만 손톱 끝에서 새어 나온다. 그러면서도 어머니는 하루가 멀다 하고 나물을 캐러 간다. 그렇지 않으면 병이라도 날 것처럼 어머니를 하루도 가만 놔두지 않는 나물. 자꾸 어머니의 엉덩이를 들썩거리게 한다. 가난한 집 살림 밑천도 되어 주고 산길 지나는 사람의 밑씻개도 되어 주던 산나물. 이제 얼마 안 있으면

고사리, 취 같은 산나물들이 곰시랑곰시랑 이 골짝 저 골
짝을 가득 채울 것이다.

　나는 좀 더 봄이 깊어 어머니가 산나물을 캐러 가면,
그 뒤를 갓 걸음마를 뗀 강아지마냥 조랑조랑 따르고 싶
다. 어머니가 가만가만 들려주는 산나물의 이름들을 하
나도 놓치지 않고 받아 적고 싶다. 그러면 어머니가 보았
다는 노루도 붉은 여우도 토끼도 고슴도치도 다시 눈앞
에 푸르게 살아올 것만 같다.

　이 봄밤, 나는 다소곳이 고개 숙여 기도한다. 나의 시
(詩)에도 고향의 산나물 내음 같은 향이 배어났으면 좋겠
다고. 나의 시도 언제나 마을 가까운 산속에서 사는 그 어
질고 눈 밝은 산나물 같기를 마음속으로 빌고 또 빌어 본
다.

천변 풍경 5

팔복동 쪽에서 바라본 전주천. 위쪽에 얼핏 추천대교가 보인다.

1

어머니, 거시랑(지렁이)도 옛날엔 약으로 썼지요?

가만있자, 긍게 약으로 썼던 것 같기도 헌디. 어디다
썼더라. 하도 오래전의 일이 돼 놔서. 긍게 완뱅이가 어리
서 빼빼 말러 갖고 사람덜이 다 죽는다고 허는디, 거시랑
을 대리서 멕여 갖고 살아났다고들 허등만.

근데 완뱅이가 누구예요?

너한티는 삼춘뻘이 되제. 지금은 서울 어디 가서 산다고 그러덩만. 참 인정도 많고 그랬는디. 잘 못 됐는가벼. 잘돼야 사람도 찾아보고 그러는디. 어떠케나 사는가 몰라. 참 착혔는디.

어머니는 거시랑 이야기는 뒷전이고 이제 완뱅이 양반 걱정뿐이다.

어머니, 그럼 거시랑 갖고 또 어떻게 약으로 썼어요?

긍게 머시냐, 거시랑을 흙 속에다 넣어서…….

넣어서요?

몰르겄다. 어떠케 혔는지 당최.

어머니는 기억이 잘 안 난다며 도리질을 친다.

나는 완주 소양면 죽절리에 전해 내려온다는 어느 시에미가 거시랑국을 먹고 눈을 떴다는 설화 생각이 났다.

나는 축대 아래 세 계단쯤 내려와 앉는다. 시원한 바람이 땀을 훑는다. 아래로 탁 트인 천(川). 작년 여름 여기서 만난 두 명의 베트남 젊은이가 생각난다. 그 외국인 노동자는 보 위에서 낚시를 하고 있었다.

두 사람 모두 베트남 수도 하노이에서 왔다고 했다.

이름이 레바덩이라는 남자는 스물여섯 살인데 우리말을
곧잘 했다. 그는 키가 크고 얼굴이 가무잡잡했다. 그에 비
해 함께 온 친구는 키가 작고 얼굴이 좀 하얀 편이었다.
그는 우리말이 어눌해서 레바덩이라는 남자가 주로 말을
했다. 둘 다 한국에 온 지는 이 년쯤 되었다고 했다. 3공단
(봉동)에서 일을 하는데 한 사람은 냉동 관련 공장에서,
다른 사람은 전기 회사에서 일한다고 했다.

그거 블루길 맞지요?

맞아요.

근데 그걸 어떻게 먹어요?

기름에 튀겨 먹어요.

발음이 좀 서툴긴 해도 알아듣는 데는 전혀 불편함이
없다. 레바덩이라는 남자는 마치 블루길이라는 물고기가
정말 맛있는 물고기라는 듯 자신 있게 말한다.

'우리들은 잡으면 다 버리는데. 토종 물고기를 잡아먹
는 외래종이라고.'

차마 이 말은 그에게 하지 못했다. 우리는 또 '월남 붕
어'라고 한다는 것도.

그 말을 하는 사이에도 그의 낚싯줄엔 한꺼번에 두세
마리씩 블루길이 걸려 나온다. 지렁이를 미끼로 하는 줄

줄이 낚시는 물에 던지기 무섭게 배스나 블루길이 덥석 덥석 문다. 모두 손바닥보다 작다. 그런데 이상하게도 그들은 배스가 걸리면 그냥 물에 놓아준다. 배스는 먹지 않는다고 했다.

레바덩이 고기를 잡으면 그의 친구가 바늘에서 고기를 빼내 빈 페인트 통에 담았다. 낚시한 지 얼마 되지 않은 것 같은데 벌써 통을 가득 채웠다. 전에 나는 어둑해질 무렵 천변을 걷다 블루길을 보고 깜짝 놀란 적이 있다. 길바닥에 넓적넓적 누워 있는 고기는 흡사 도채비(도깨비) 같았다. 지느러미가 뾰족뾰족한 게 꼭 바닷고기 같았다. 그때 나는 블루길이란 고기를 이미 알고 있었지만 그렇게 어스름 속에서 보는 블루길은 전혀 다른 물고기처럼 보였던 것이다.

둘은 전주 세관이 있는 기찻길 옆에 같이 산다고 했다. 그들과 헤어져 나오는데 길섶에 수박 두 덩이가 눈에 띄었다.

2

나는 한결 가벼운 마음으로 일어난다. 수문 위에서 오리를 내려다보는 기분은 각별하다. 오리는 언제나 서두르는 법이 없다. 굼뜨다. 그런데 그 굼뜸은 답답함과 다르다. 아이만이 가진 무슨 유쾌함이 있다. 나는 때때로 오리가 길짐승 같다는 생각이 들 때가 있다. 저 여유와 천연덕스러움은 대체 어디에서 오는 걸까. 나는 문득 오리 연구가가 되고 싶어진다.

나는 이문구란 이름을 다시 한 번 힐끗 쳐다보았다. 왠지 정겹고 왠지 쓸쓸하다. 되돌아올 때는 걸음이 좀 더 빨라진다. 어서 집에 가서 끕끕한 몸을 찬물로 깨끗이 씻어내고 싶다.

나는 해찰하며 건성건성 걷는 걸 좋아한다. 언젠가 길을 가는데 두더지 한 마리가 땅을 들썩이며 터널을 뚫다가 그만 멈춘 걸 본 적이 있다. 바로 앞엔 보도블록이 깔려 있었다. 두더지는 금방 방향을 틀더니 덤불 속으로 사라졌다. 억센 어깨로 대지를 치받고 기세 좋게 땅속을 나아가는 그 원시적 힘은 내게 늘 경이로움을 안겨 주었다. 그런데 고작 시멘트 덩이 앞에서 멈추다니. 그날 나는 적이 실망스러웠다. 물론 두더지에게 그건 예측할 수 없는 공포 그 자체였을 것이다. 여하튼 나는 마음이 편치 않았다. 나는 두더지가 자유로이 땅속을 헤엄쳐 다닐 수 있기를 바랐다. 그런 부질없는 생각을 하다가 어느새 봄이면 어떤 젊은 여자가 달랑구를 캐는 둑비탈까지 왔다.

그녀는 해 질 무렵이면 꼭 그곳에 나타났다. 아마도 근처 공장에 다니는 모양이었다. 나는 그녀가 염소처럼 풀숲에 딱 달라붙어 무엇을 하나 늘 그게 궁금했다. 그러던 어느 날 그녀가 떠난 자리를 확인하듯 나는 가 보았다. 그곳에서 마침내 나는 야생의 달래를 발견했다. 그리고 기쁨을 감추지 못했다. 어릴 적 어머니와 나물을 캐러 가서 보았던 그 달랑구가 바로 거기에 있었다. 그러니까 그녀는 달래를 캐기 위해 해 질 무렵이면 그곳을 찾았던 것이다. 수척한 얼굴에 젊은 여자 같지 않게 나트름해(나이 들어) 보이던 그녀. 어떤 날은 좀 더 나이 많은 여자와 둘이서 달래를 캔 뒤 보를 건너 송천동 쪽으로 넘어가는 걸 보았다. 아마도 그쪽이 그녀의 집인 것 같았다.

그 비탈 너머엔 대성나염 공장이 있고 시멘트, 유리, 종이, 재활용, 중장비, 메리야스, 연필, 코카콜라, 폐차장, 도계장, 엿, 고철비철 고물상 등 다양한 공장들이 서로 더부살이하듯 다닥다닥 붙어 있다. 팔복동은 1970년대 전주공단이 들어선 곳이다.

나는 하늘을 뚫을 듯 우뚝 선 공장 굴뚝을 뒤로하고 걷는다. 어쩌다 굴뚝이 저녁놀 속에 검은 연기를 내뿜는 모습을 볼 때가 있다. 그럴 때면 묘한 감정에 빠져든다. 내가 거꾸로 걸어가는 듯한 느낌. 한 마리 거대한 새가 저 굴뚝을 등에 메고 어디론가 날아가는 듯한 환영을 본다. 때로 경주용 오토바이를 타고 굉음을 내며 전속력으로 둑길을 달리는 청년을 볼 때도 있다. 혹은 마늘을 가득 실은 트럭이 뿌연 먼지를 일으키며 지나갈 때가 있다. 확성기에서 흘러나오는 '마늘 한 접에 만이천 원, 햇마늘 사세요'란 소리는 마늘처럼 더없이 알싸하다. 그렇게 물에 젖지 않고 물속을 달리는 트럭을 넋 놓고 바라본 적이 있다.

3

천변의 칡넝쿨이 무성한 곳을 지날 때면 산에 사는 칡이 어떻게 이곳에 와 있나, 하고 의아스러울 때가 많다. 나는 목도 마르고 또 어릴 적 생각에 칡 순 하나를 꺾어 씹는다. 좀 쇠어서 그렇지, 옛날 그 맛 그대로다. 나는 껌처럼 조금 씹다 뱉는다. 생각보다 칡즙이 시원하다. 나는 더 가까이 오리가 보고 싶어 냇가 쪽으로 방향을 튼다.

그러다 혼자 무어라고 중얼거리는 목소리를 듣는다. 돌아보니 눈은 쑥 들어가고 머리는 우북하고 옷차림도 형편없는 사내다. 그는 언제부터인가 스스로에게 다짐하

듯 '삼만오천 원을 더 준다, 삼만오천 원을 더 준다' 이렇게 혼자 끝없이 되뇌고 있었다. 순간 그가 날 힐끗 쳐다본다. 퀭한 눈빛 속에 광기 같은 게 번뜩인다. 며칠 굶은 사람의 눈빛 같다. 아니 정말로 며칠을 굶었는지도 모르겠다. 나는 의자에 앉은 그의 시선을 애서 피한다.

잠시 침묵이 흐르는가 싶더니 갑자기 그가 벌떡 일어나 달리기 시작한다. 어느새 돌멩이 몇 개를 손에 든 뒤였다. 그러더니 오리들을 향해 냅다 던진다. 뒤늦게 위험을 알아차린 오리들이 파드닥 강심으로 달아난다. 그는 계속해서 오리를 쫓아 강 위쪽으로 내달린다. 기필코 오리를 잡고야 말겠다는 의지가 살벌하다. 오늘은 저 토실토실한 오리를 기필코 잡고야 말리라. 사내의 깡마른 육체가 그렇게 말하고 있는 것 같았다. 그가 지나갈 때마다 오리들이 기겁하고 날아오른다. 꽈악꽈악 쇳소리를 내며 울부짖는다. 용케도 앙심 먹은 돌멩이들은 오리들을 비껴간다. 그는 화가 났는지 급기야 '이야~' 하고 소리를 지른다. 고래고래 소리 지르며 미친 듯 계속 달린다.

사내는 실직한 지 오래된 듯 보였다. 평일인데도 천변을 찾은 것 하며 누추한 행색이 그걸 말해 주고 있었다. 나는 한참 동안 바위에 앉아 그 생각을 했다.

사내는 더 이상 보이지 않는다. 나는 둑 너머 어머니가 다니던 엿 공장을 지나 방공호가 있던 자리를 찾는다. 이미 방공호는 사라지고 그 자리엔 잡초가 무성하게 자라고 있다. 나는 집에 불화가 있는 날이면 몰래 이 방공호 안에 들어가 혼자 울곤 했다. 어느 겨울엔 라면과 초를 들고 가서 시 같은 걸 끄적거리기도 했다. 누군가의 검은 똥이 외롭게 혼자 웅크리고 있던 방공호. 그 음습하고 퀴퀴한 방공호는 그러니까 유일한 나만의 방이었다. 셋방에 많은 식구가 사느라 방이 없던 나에게 그곳은 나만의 유일한 공간이기도 했다.

4

나는 연신 땀을 닦아내며 어느새 빈터에 다다랐다. 이곳은 일주일에 몇 번 생활체육 강사가 와서 무료로 에어로빅을 가르치는 곳이다. 그 빈터 위엔 늙은 버드나무 한 그루가 서 있다. 원래는 둑길을 따라 버드나무가 줄지어 서 있었다. 지금은 다 베어지고 없다. 대신 그 자리엔 벚나무가 차지하고 있다. 그 버드나무 아래 평상에서 두 부부가 자동차용품을 판다. 근처에 자동차 운전 학원이 있고 중고차 매매 단지가 있어서다. 오십 대 중반쯤으로 보

팔복동 천변의 유명한 빨간 양념 족발집.

이는 부부는 언제나 꾀죄죄한 얼굴이다. 그래도 드물게
웃을 때면 환한 빛이 초록 버들가지처럼 눈부시다.

부부는 평상 위에서 밥을 해 먹거나 간혹 짜장면을
시켜 먹거나 했다. 버드나무엔 차 찌그러진 것, 유리 깨진
것 등을 고친다는 내용의 현수막이 걸려 있다. 길게 매단
줄엔 여러 가지 용품이 주렁주렁 매달려 있다. 나는 핸들
덮개를 볼 때면 꼭 뱀 껍질을 걸어 놓은 것 같아 확인하
듯 다시 보곤 했다. 또 탁자 위엔 세척제나 좀 덩치가 큰
물건들을 진열해 놓았다.

부부는 비가 오나 눈이 오나 늘 그 자리에 붙박여 있
었다. 겨울이면 둑 아래 모닥불을 피워 놓고 손을 호호 불
었고, 손님이 뜸한 날엔 남자 혼자 천변에서 공을 차며 시
간을 보냈다. 여자는 멍하니 앉아 있거나 봄이 되면 나물

을 캐거나, 그랬다.

그 버드나무 길 건너엔 족발집이 있었다. 시원한 그늘 아래엔 평상이 놓여 있었고, 고추장과 갖은 양념으로 버무려진 족발이 맛깔스럽게 구워져 나왔다. 아버지는 귀한 친척이나 손님이 방문하면 그 집으로 모셨다. 나도 아버지를 졸래졸래 따라가 손에 쥐여 준 그 빨간 족발을 강아지처럼 오래오래 빨던 기억이 있다.

5

나는 걸음을 우뚝 멈추었다. 그리고 하마터면 크게 소리 내어 웃을 뻔했다. 사라진 줄만 알았던 그 오리 쫓던 사내가 바로 다리 아래 서 있었던 것이다. 이번엔 목표물이 오리가 아니라 비둘기였다. 다리 밑에 둥지를 튼 비둘기들을 향해 무지막지하게 돌팔매질을 하고 있었다. 사내의 모습은 차라리 희극적으로 보였다. 몇 번을 연거푸 돌을 던지더니 이내 우두커니 서서 내 쪽을 바라본다. 그만 돌 던지는 일조차 힘에 부쳤나 보다. 지쳐 맥이 풀린 모습이다.

우리들이 항용 용산다리라고 부르는 다리 밑엔 노인들이 오글오글 모여 있다. 다리 기둥엔 못을 박아 옷걸이도 걸어 놓았다. 옷걸이에 걸린 모시 저고리가 쌔하니 눈부시다. 커피 파는 아줌마의 눈꼬리가 헤실헤실 영감들의 쌈짓돈을 노린다. 그러거나 말거나 노인들은 지나간 세월 대신 화투장을 때려눕히고 대낮부터 소주잔이 오간다. 옆에 리어카, 자전거, 오토바이, 개인택시가 그 모습을 지켜보고 있다. 어릴 적 우리 옆집에 살던 아저씨도 아직 죽지 않고 짙은 그늘을 무슨 꽃주머니처럼 차고앉아 있다.

나는 계단 쪽으로 걸음을 옮기려다 다시 한 번 그 사내를 바라보았다. 고개를 푹 꺾고 아직 거기 서 있었다. 순간 그 사내 뒤로 은빛 날치가 힘차게 튀어 올랐다. 물위를 날듯이 헤엄치는 날치 떼의 환한 모습. 저렇게 물 위를 날다 정녕 새가 되지 않았을까. 그런 생각을 하며 다시 보았을 땐 이미 날치는 기억 속에 사라지고 없었다. 사내도 더 이상 보이지 않았다. 사내는 물고기가 되었을까. 아니면 새가 되었을까.

강엔 오리 몇 마리가 돌 위에 앉아 졸고 있고, 나는 생각난 듯 아까 칡 순 씹을 때 물든 손톱을 오리들이 있는 쪽으로 한번 물끄러미 비추어 본다.

천변 그 집

'천변 오두막집'에서의 어머니.

일주일 만에 팔복동 집에 간다. 나는 이 집을 '천변 오두막집'이라고 불렀다. 삼 층 건물의 낡고 오래된 연립주택. 일 년간 중국에서 살다가 돌아와 어렵게 마련한 집. 나는 이 집에서 십 년쯤 어머니와 단둘이 살았다. 이 층 베란다에서 보면 금방 손에 잡힐 듯 전주천이 내려다보인다. 비 오는 날엔 냇물 위로 떨어지는 빗방울을 하염없이 바라보는 걸 좋아했다. 셋방을 전전하던 어머니도 이 집을 좋아했다.

바로 직전에 살던 셋집은 지금도 잊히지 않는다. 어느 해 추석 무렵이었다. 대전 막내 이모가 딸을 데리고 왔다. 곧 결혼할 거라며 어머니에게 인사차 온 것이다. 그런데 그날따라 비가 많이 내려 천장에서 비가 샜다. 단칸방의 셋집에서 달리 피할 도리가 없었다. 나는 부리나케 세숫대야를 가져다 방 한가운데 놓았다. 그때 예비 신랑도 함께 왔다. 빗방울이 뚝, 뚝, 대야 위로 떨어졌다. 그날 처음 보는 낯선 젊은이 앞에서 나는 몇 번 실없이 웃은 기억이 있다.

현관문을 열면 거미가 스르르 바람에 날리고, 마치 그 순간은 살아 있는 것처럼 보인다. 바퀴벌레가 신발장 아래 떨어져 있고 거미줄은 먼지의 무게에 축 늘어져 있다. 바퀴가 달린 밥상은 여전히 거실에 놓여 있고, 티브이는 멍청히 제자리를 지키고 있다. 칠이 벗겨진 붉은 합(盒)은 조개처럼 입을 꽉 다물고 있다. 내가 어릴 적부터 보아 온 둥근 합이다. 나는 뚜껑을 열어 본다. 이제는 쓰지 않는 목도장과 빨간 인주 그리고 동전과 건전지 등이 뒤섞여 있다. 장난감 새는 더 이상 울지 않고 주인 잃은 효자

손은 빈손을 쥔 채 말이 없다. 가려움증이 심했던 어머니의 등이 문득 떠오른다.

비스듬히 열려 있는 내 방은 잡동사니로 가득 차 있다. 어렵게 구한 책들은 먼지를 뒤집어쓴 채 있고, 선풍기는 목이 꺾인 채 구석에 처박혀 있다. 필요한 책은 가끔 와서 찾아가곤 한다. 안방의 장롱이나 침대 위에도 퀴퀴한 이불과 옷가지가 아무렇게나 놓여 있다. 화장실엔 색이 바랜 다라이들이 포개져 있다. 어머니가 김치를 담글 때 썼던 것이리라. 볼 때마다 버려야지, 생각만 하고 버리지 못한다. 어머니가 쓰던 물건들을 버리지 못하고 아직 그대로 두고 있다.

냉장고 안의 동태포는 언젠가 가져다 먹었고, 북어와 조기는 그대로 있다. 외할머니 제사 때 가져가려고 했던 것 같다. 검은 비닐봉지 안의 옥수수도 그대로 있다. 옥수수를 특히 좋아한 어머니는 이제 이가 빠져 먹지 못한다. 어머니가 드시다 만 것 같은 누룽지와 무슨 벌건 고깃국 같은 게 얼어붙은 채 있다. 부엌 벽 쪽엔 쓰다 만 간장병과 식용유가 유통 기한이 지난 채 있다. 좁은 베란다엔 썩은 양파며 오래된 나물과 약재가 좀이 슨 채 벽에 걸려 있다. 종류를 알 수 없는 액체가 든 병, 콩이며 쌀 같은 게 담겨 있는 플라스틱 병과 작은 장독 들. 죽어 가는 화분과 오래된 걸레, 고장 난 우산 들.

나는 얼마 전 베란다에서 어머니가 쓰던 도굿대(절굿공이)를 찾아냈다. 육이오 때 불탄 자국이 아직도 선명하게 남아 있으니 족히 칠십 년은 되었다. 그동안 벌레가 먹어 보기 흉하게 구멍이 숭숭 뚫려 있었다. 나는 이걸 금산사에서 일하는 동생에게 부탁해 옻칠을 했다. 지금은 내 방에 보관하고 있다. 어머니처럼 키가 작고 주름이 많은 도굿대. 그 까마득한 세월을 어떻게 견뎌 왔는지, 볼 때마다 묘한 감회가 서리고 애틋한 마음이 절로 든다.

나는 창문을 열고 먼저 환기를 시킨다. 겨울을 지난 따뜻한 바람이 불어온다. 전주천에서 불어오는 바람은 맑고 투명하다. 나는 잠시 눈을 감는다. 어머니와 덕진공원에서 오리배 탔던 기억이 떠오른다. 그날은 아내도 함께했다. 결혼 일주년 기념으로 아버지 산소에 가서 주목나무를 심고 돌아오는 길, 덕진공원에 들러 오리배를 탄 것이다. 어머니는 그날 처음 오리배를 탔다. 어린아이처럼 좋아하던 어머니 모습이 새삼 그립다. 어머니는 올해 여든일곱이 되었다.

중국 유학생 하괴가 결혼식 때 선물한 만두 중 한 개.

생각해 보니, 이 오두막집에서 많은 일이 있었다. 술에 취한 나를 등에 업고 가파른 계단을 걸어 올랐던 중국 유학생 하괴. 어머니는 그런 하괴를 아들같이 여겨 밥을 해 주곤 했다. 지금은 교수가 되어 중국 베이징에서 산다. 그는 결혼식 때 어머니를 초대했다. 우리는 팔순의 노모와 함께 돌도 안 지난 딸을 안고 한겨울 칭다오에 다녀왔다. 그때 우리는 어머니가 담근 김치를 가지고 갔었다. 이강주도 두 병 준비했고 형제들은 축의금을 모아 주었다. 돌아올 때 하괴 가족은 우리에게 바가지만 한 커다란 만두를 선물했다. 꽃과 새 등의 장식에 '희(囍)' 자가 있는 만두 두 개와 장식은 없고 '囍' 자만 붉은 글씨로 쓰여 있는 만두 네 개, 이렇게 모두 여섯 개였다. 이 만두는 예식에 쓴 것으로 아주 가까운 친지에게만 준다고 했다. 부피가 너무 커서 가지고 오는 데 애를 먹었지만 우리는 그 따뜻한 마음만으로 배가 불렀다. 한 번도 여행다운 여행을 해 본 적 없는 어머니에게 그 일은 늘 자랑거리가 되었다.

어떤 날은 내가 한밤중에 스님을 모시고 와 어머니가 놀란 적이 있다. 그것도 승복 바지가 찢기고 술에 취한 스님을 데리고 왔으니 그럴 만도 하다. 나는 아침에 부랴부랴 바지를 뒤집어 일(一) 자로 찢긴 부분을 박스 테이프로 붙여 드렸다.

그런가 하면 먼 이국에서 불의의 사고를 당한 조카의 소식을 처음 접한 곳도 이 오두막집에서였다. 그 일은 어머니에게 큰 상처가 되어 두고두고 눈물의 원천이 되었다. 어머니는 서울의 형님 집과 시골의 동생 집을 오가다 이제는 요양원에 계신다. 다행히 내가 사는 집 근처에 요양원이 있어서 나는 조금이나마 마음의 짐을 덜게 되었다.

저번주엔 어머니가 갑자기 참기름을 사 오라고 해 로컬푸드점에서 사다 드렸다. 함께 있는 노인이 고추장을 준 모양이다. 고추장에 밥을 비벼 먹는다고 했다. 이럴 땐 차라리 마음이 놓이고 안심이 된다. 이번 주엔 선운사에서 사 온 연꿀빵을 들고 어머니 면회를 가야겠다. 늘 나보다 먼저 찾는 유치원 다니는 딸아이 손을 잡고.

어머니는 이제 그 천변 오두막집으로 다시 돌아가겠다는 말씀은 안 한다. 그래도 가끔은 어머니로부터 팔복동 그 집, 어머니 없는 그 어머니 집에 가고 싶다는 말을 들었으면 좋겠다. 어머니가 건강했던 그 시절이 그립다. 다시 그런 날이 오지는 않겠지만 요양원 이 층 담벼락 아래서, 나는 어머니? 어머니? 하고 대답 없는 어머니를 이 봄날 애타게 불러 본다.

옥님아 옥님아

2023년 10월 31일 1판 1쇄 펴냄

지은이   유강희
펴낸이   김성규
책임편집   김안녕 한도연
디자인·그림   신아영
펴낸곳   걷는사람
주소   서울 마포구 월드컵로16길 51 서교자이빌 304호
전화   02 323 2602
팩스   02 323 2603
등록   2016년 11월 18일 제25100-2016-000083호

ISBN 979-11-93412-05-3 (04800)
ISBN 979-11-89128-13-5 세트

*   이 도서는 한국출판문화산업진흥원의 '2023년 중소출판사 출판콘텐츠 창작
     지원 사업'의 일환으로 국민체육진흥기금을 지원받아 제작되었습니다.
*   이 책의 본문은 '을유1945' 서체를 사용했습니다.